雨森たきび
ILLUST.
いみぎむる
負けヒロインが多すぎる！
vol 4
JN048059

「まだ時間あるよね。
少し歌おうか」

シング•シング•オニオンリング

『はいっ?! 会長が?! 男っっ?!』
KEEP OUT

KEEP OUT
KEEP OUT
KEEP OUT
KEEP OUT
KEEP OUT
KEEP OUT
KEEP OUT
ナマモノ×ナンタイカ?

「……志喜屋」
そこにはかつて自分の隣にいた、
懐かしい姿があった。

CONTENTS

Too Many LOSING Heroines

Too Many
LOSING
Heroines!
雨森たきび ILLUST. いみぎむる
AMAMORI TAKIBI
presents
Illustration by IMIGIMURU
負けヒロインが多すぎる！
vol 4

CHARACTERS

登場人物紹介

温水和彦
ぬくみず・かずひこ
高校1年生。
達観ぼっちな少年。
文芸部の部長。

八奈見杏菜
やなみ・あんな
高校1年生。
明るい食いしん坊女子。

小鞠知花
こまり・ちか
高校1年生。
文芸部の副部長。
腐ってる。

焼塩檸檬
やきしお・れもん
高校1年生。
陸上部エースの
元気女子。

温水佳樹
ぬくみず・かじゅ
中学2年生。
全てをこなす
パーフェクト妹。

月之木古都
つきのき・こと
高校3年生。
元・文芸部の副部長。

志喜屋夢子
しきや・ゆめこ
高校2年生。
生徒会書記。
歩く屍系ギャル。

玉木慎太郎
たまき・しんたろう
高校3年生。
元・文芸部の部長。

綾野光希
あやの・みつき
高校1年生。
本を愛する
インテリ男子。

馬剃天愛星
ばそり・てぃあら
高校1年生。
生徒会副会長。

朝雲千早
あさぐも・ちはや
高校1年生。
綾野のカノジョ。

姫宮華恋
ひめみや・かれん
高校1年生。
圧倒的な
正ヒロインの風格。

小抜小夜
こぬき・さよ
養護教諭。
無駄に色っぽい。

放虎原ひばり
ほうこばる・ひばり
高校2年生。
生徒会長。

甘夏古奈美
あまなつ・こなみ
1−Cの担任。
ちっちゃ可愛い
世界史教師。

桜井弘人
さくらい・ひろと
高校1年生。
生徒会会計。

見上げた空は雲一つなく澄んでいて、ガラスのような青色が冬本番の到来を知らせてくる。

ツワブキ祭が終わって、気が付けば季節は１２月も半ば。

学校の東門近くの横断歩道で信号待ちをしていると、登校するツワブキ生たちが周りに並ぶ。

自分がそのうちの一人なのが、くすぐったいような不思議な気分だ。

３年生がいない日々に戸惑っているうちに、期末テストが始まった。そして順位が張り出される頃には、１年生だけの文芸部になんとなく馴染（なじ）んでいた。

センチな感情なんて、日常の前には呆（あき）れるほど無力だ。


信号が変わった。俺は周りから半歩遅れて歩き出す。

足を速めて生徒の流れに追いつきながら、学校の塀越しに葉の落ちたユリノキの木を眺める。

黄色く色づいたユリノキの葉が散り終わるころには、短い秋はツワブキ祭の記憶と混ざりあい、過ぎ去っていた。

よそ見をしながら歩いていると、前を行く生徒にぶつかりそうになる。

校門のあたりで人の流れに渋滞が起きているのだ。

前を歩く生徒越しに先を見ると、校門に覚えのある姿が見えた。

ツワブキ高校生徒会副会長——馬剃天愛星（ばそりていあら）。

彼女はニコリともせずに、登校するツワブキ生たちに声をかけている。

他にも何人か生徒が立っていて、うちのクラス委員の姿もあった。

……一体なにをやってんだろ。

観察をしていると、みんな通るときにカバンを開けて、校門に立つ生徒に中身を見せているようだ。

そういやHRで先生が、持ち物検査があるって言ってたな。

まあ、俺に後ろ暗いことはなにもない。カバンを開けると、中を見せながら校門を通り過ぎようとする。

「すみません、少し待ってください」

聞き覚えのある声に足を止められた。

天愛星(てぃあら)さんの不機嫌そうな瞳が、俺のカバンを睨(にら)みつけている。

「俺ですか？　なにか問題でも」

「問題があるか調べるのが持ち物検査です」

正論だ。

だが他の生徒がスルーされているのに、なんで俺だけ呼び止められたのか。

天愛星さんは「失礼します」と呟(つぶや)くと、いきなり俺のカバンに手を突っこんだ。

「え、ちょっと。なにしてるの」

「だから持ち物検査です。文芸部は目を離すと、卑猥(ひわい)な書物を学校に——」

天愛星さんは俺のカバンから文庫本を取り出すと、表情を変えずにカラー口絵をパラパラとめくる。

「はい、あなたで二人目ですね。放課後、生徒会室まで来てください」

「違うって、それは普通の小説だから。ちょっと待って、ここでブックカバー外さないで?」

「これが——普通の小説?」

天愛星さんはラノベの表紙をマジマジと見つめる。

タイトルは『二人合わせてハタチだから、いますぐお嫁にいけますよ?』。

表紙では素肌にリボンを巻いた二人の少女が、こちらに向かって両手を広げている。

「ラノベってこんな感じの表紙が多いから(偏見)普通だって。そしてブックカバーは着けてもらっていいかな」

「10歳の子供が二人いても結婚は出来ませんよね。このタイトルはどういう意味なんですか?」

「だから、それが合法になった世界の話で——この話、校門でしなくちゃ駄目(だめ)?　本当に?」

通りすぎるツワブキ生たちが、何事かと俺たちを覗きこんでくる。

天愛星さんは何かを納得したように大きく頷(うなず)いた。

「つまりSF小説なんですね。ただ、表紙が半裸の少女ですので、没収の判断がつきかねています。もう少し内容を詳しく教えてくれませんか」

「……没収してください」

「はい？」

「お願いだから没収してください。俺、遅刻するからこれで！」

限界だ。その場を逃げ出す俺に向かって、本をかざす天愛星（てぃあら）さん。

「あ、ちょっとあなた！　この本はいいんですか⁉」

……この人、俺を社会的に殺すヒットマンか。

無視しようとした俺は、彼女の言葉を思い出して足を止めた。


——俺で二人目、とか言ったたな。


単に持ち物検査に引っ掛かったのが二人目なのか、それとも……。

気になってふり返ると、今度は小鞠（こまり）が天愛星さんに捕まっている。

俺は少し考えて——下駄箱に向かって足を速めた。

～1敗目～　私、こう見えても○○なんです

放課後の部室。石油ストーブに乗せたヤカンが湯気を立てている。

俺はネクタイを緩めると、文庫本のページをめくった。


今日は朝から大変な目にあった。

羞恥プレイの挙句、買ったばかりのラノベを没収されたのだ。

嫌なことは忘れて本に集中しようとした矢先、

「ねえ、温水君。暇なんだけど」

テーブルの向かいに座る女子がダルそうに声をかけてきた。

八奈見杏菜。同じ1年生の文芸部員で、今年の夏に幼馴染に振られた負けヒロインだ。

その他はいたって普通の女子——かどうかは置いといて、部室に俺と二人きりでも甘い空気が流れていないのだけは確かである。

八奈見は上体を机にあずけ、モキュモキュと音をさせながら何か食べている。

「……口から紫色のヒモが出てるんだけど」

「グミだよ。固いものをよく噛んで食べると痩せるって、本に書いてあったの」

八奈見はお菓子の空袋を差し出してくる。

まけんグミ。豊橋のメーカーが作っているお菓子で、じゃんけんの手形が先についた長細いグミキャンディーだ。

「これ、昔からあるでしょ。温水君、駄菓子とか食べないタイプ？」

食べるけど。じゃんけんの部分から食べたら、ただの長いグミじゃなかろうか。

八奈見は麺でも食うようにズルズルとグミを吸い込む。

「なんか暇だと無限に食べちゃうよね。ダースで買ったけど、３日は持たないかも」

「暇なら宿題でもしたらいいんじゃないか。今日も山ほど出てたろ」

八奈見が俺にジト目を向ける。

「温水君、なんか冷たくない？　おーい、最近君がちょっと気になってる女友達が退屈してますよー」

机を掌でペシペシ叩きながら、不満そうに唇をとがらせる八奈見。

「……八奈見さん、変な設定付けるの止めてくれないかな」

完全に集中が途切れた俺は、からくも持ち物検査を逃れた『幼なじみが天井裏に住み着いたのでバルサン買ってきた』、通称『おさバル』をパタンと閉じた。

おさバルは居候ヒロインとの頭脳戦がメインで、ラノベ界のホームアローンと呼ばれている人気シリーズだ。ちなみに最新刊では、ついにヒロインが主人公宅に住民票を移した。

塩対応の俺に向かって、八奈見は両手で机をペシペシさせながら抗議をしてくる。

「温水君は文芸部の部長でしょ。部長には部員を楽しませる義務があると思いまーす」

そんなものはない。

「八奈見さん、部誌の原稿まだだったよね。時間あるなら書いたら？」

「そのうち書くよ。アイデアはあるんだって、アイデアは」

「それ、書かない人の言い方だよね」

八奈見は言い返すわけでもなく、物憂げな表情でなにか考えこんでいるようだ。

そしてたまに、チラッとこっちを見る。

「……ひょっとしてなにかあったの、八奈見さん」

心底気が進まないが、やむを得ずたずねる。部長なので。

「あのさ。終業式の日、学校終わってから有志でクラス会しようって話が出てるじゃん」

クラス会か。俺には関係のない話だが、確か――。

「終業式って25日だよな」

俺の何気ない一言に、地を這うような声が返ってくる。

「……クリスマス、だよ」

八奈見は瞳に黒い炎を灯しながら、むくりと身体を起こす。

「しかも幹事に草介と華恋ちゃんが入ってるの」

「え、でもあの二人――」

言いかけて黙った俺を、ジロリと睨む八奈見。

「恋人たちはイブによろしくやるから、２５日は心配いらないの。華恋ちゃん、両親はイギリスに赴任中だから一人暮らしだし」

なるほど、確かに心配いらない。

「誘われたけど参加するか迷っててさ。温水君はどうする？」

「どうするもなにも、誘われてないんだが」

「……えっと、温水君のことは置いといて」

置いとかれた。

「断ってもいいんだけど、それだとなんか意識してるっぽくない？　ほら私、周りがカップルだらけならどうしようとか、クリスマスってことは草介と華恋ちゃんは前の晩お泊りしたんじゃないかとか、朝ばったり二人と出くわしたらどうしようとか、そんなこと全然意識してないわけじゃん？　断ると変な意味が付くっていうかさ。温水君が参加するなら、お守りっていうか、付き添いみたいな感じで行こうかなって」

言い訳が長い。

「その日、俺の誕生日だから。妹が祝ってくれるみたいだし、やめとくよ」

「え？　クリスマスの日、温水君誕生日なの？」

「うん、まあ」

「そうか、今年はクリスマス中止か……！」

いや、中止にはならないぞ。

八奈見は瞳を輝かせて、両手をパンと合わせる。

「よし、死んだ人祝ってる場合じゃないよ。温水君の誕生会しよう！」

え、俺の誕生日を祝ってくれるのか。

初めての経験に戸惑う俺に向かって、八奈見が笑顔を向けてくる。

「温水君の生誕を祝う女子会を開催するの。檸檬ちゃんと小鞠ちゃんなら、彼氏いないから大丈夫でしょ」

女子会。そのお祝いに俺はいないらしい。生きてるのに。

「焼塩もクリスマス会行くかもだろ」

「いやいや温水君、そんな危ない所に友達を行かせるわけにはいかないよ」

八奈見は上着のポケットから次のグミを取り出すと、包みを開けはじめる。

「強制参加なわけでもないし、気が進まないなら普通に断ればいいんじゃないか。無理して用事作らなくたっていいじゃん」

「そうかもしんないけどさ。クリスマスに予定がないのも寂しいし、予定があるフリをするのは――」

八奈見は虚ろな瞳で『チョキ』のグミを口に放りこむ。

「虚しい。ガチで」

モキュモキュモキュモキュ。グミを噛む音が部室に響く。

「……八奈見さん、やっぱクリスマス会行きなよ。独り身の連中が他にもいるって。焼塩も誘って八奈見さんが守ってあげればいいじゃん」

なにから守るかは知らんが。

「あー、道連れ――じゃない、私がフォローしたげればいいのか。檸檬ちゃんも参加するか聞こうっと」

八奈見がスマホをいじりだす。

これで少しは静かになるかとホッとしていると、チコンとスマホの着信音がした。

――部室の隅に置かれたカバンから。

「あれって焼塩のカバンだっけ。置いたままどこに行ったんだ」

「檸檬ちゃんなら補習かな。期末テストで赤点取ったんだって」

そういや試験前の焼塩、鉛筆転がす練習ばかりしてたな。

あれ、ということは……。

「八奈見さんは行かなくて大丈夫なの？」

「行くって？　どこに？」

八奈見(やなみ)がコトンと首をかしげる。

「赤点の補習やってるんだろ。もう始まってるんじゃないのか」

「はいっ?! 私、赤点取ってませんけど?!」

そうなんだ。てっきりそんな感じだと思ってた。

「こう見えて私、成績悪くないからね?! いま証拠見せたげる!」

八奈見はカバンから小さな横長の紙片(しへん)を取り出すと、俺に突き付けてきた。

期末テストの成績票だ。えっと……228人中、135位か。

そんな悪くないけど、自信満々で見せつけるほどの成績かな……どうだろうな……。

リアクションに困っていると、タイミングよく部室の扉が開いた。

半分開いた扉から滑りこむように入ってきたのは——文芸部副部長の小鞠知花(こまりちか)。

小さな身体(からだ)にノミの心臓。だけど俺だけには図々しい小娘だ。

小鞠は後ろ手に扉を閉めると、おびえた表情で部室を見回す。

「どしたの小鞠ちゃん。温水(ぬくみず)君が怖いなら出てってもらおうか?」

「そ、それは我慢する——」

言いかけた小鞠は扉を振り向き、ビクリと震える。

「わ、私はいないって、言って!」

「え、おい小鞠」

小鞠がテーブルの下に潜りこむと同時、再び扉が開いた。

白衣の裾をなびかせ、部室に入ってきたのは文芸部顧問の小抜小夜。

無駄に色っぽい養護教諭だ。いつもは保健室にいるから、部室に来るのは珍しい。

「先生、お疲れ様です。どうかしたんですか？」

「あら、二人ともお疲れ様。私の前に小鞠さんが来なかったかしら。こっちに向かったと思うんだけど」

先生は部室をグルリと見渡した。

俺は八奈見と顔を見合わせてから、首を横に振る。

「今日は見てませんね。なにかあったんですか？」

先生は椅子に腰かけると、ストッキングに包まれた足を大きく組む。

「あの子を追いかけたら逃げちゃったの。どうしてかしら」

「追いかけたからだと思います。なんでそんなことしたんですか」

「怯える様子が可愛かったから、ついつい欲望に駆られたの。２７年も生きてきて、新たな扉が開くとは思わなかったわ」

気持ちは分かるが、その扉は閉めてください。

八奈見が不思議そうに首を傾げる。

「追いかけたってことは、小鞠ちゃんになにか用事でもあったんですか？」

「今朝、生徒会の子たちが持ち物検査をしていたでしょう」

先生は白衣のポケットから一冊の本を取り出す。

「この本、副会長の馬剃さんから預かってきたの。没収したけど中身に問題がなかったから、小鞠さんに返して欲しいって」

そういや小鞠も天愛星さんに絡まれてたな。

本のタイトルは『友達どまりの彼に、あなたを死ぬほど意識させる本』。

これは……恋愛マニュアル本か？　あいつ意外なモノ読んでるんだな。

何気なく受け取ろうとすると、テーブルをひっくり返す勢いで、隠れていた小鞠が飛び出してきた。

「あ、ありがと、ございます！」

勢いよく本を奪い取ると、部屋の隅で身をかがめる小鞠。

「小鞠さん、いたの？」

驚く先生に向かって、小鞠は震えながらコクコクと頷く。

先生は困惑気味な顔を俺に向けてくる。

「……部長さん、私さっき変なこと言わなかったかしら。大丈夫？」

「えーと、いつも通りでした。大丈夫かどうかは分かりません」

小抜先生はしばらく考えていたが、気にしないと決めたらしい。

澄まし顔で立ち上がると、ひらひらと手を振る。

「それじゃ先生、戻るわね。たまには君たちも保健室に来てちょうだい」

「あ、はい。今度顔を出します」

先生が出ていくと、小鞠が恐る恐る部屋の隅から出てきた。

「あ、あの先生、もう戻ってこないよね？」

「小抜先生忙しいし、戻ってこないだろ」

不安そうに扉を見る小鞠の胸には──さっきの恋愛マニュアル本。

ラブコメを書いている俺としては、中身がちょっと気になるぞ。

「小鞠。その本、小説の資料だろ？　俺にも見せてくれないか」

「うなっ!?　だっ、だめ！　か、書きこみが──」

小鞠は今日一番に取り乱すと、ワタワタと本を上着の中に隠す。

「へえ、ずいぶん読みこんでるんだな。ネタをパクったりしないから安心してくれ」

感心する俺の前で、小鞠は顔を真っ赤にしてプルプル震えている。

「……小鞠？」

「わ、私帰るっ！　そ、そして温水(ぬくみず)──死ねっ！」

一気にまくしたてると、部室を飛び出す小鞠。

ええ……なんで俺は罵倒(ばとう)されたんだ。

呆気にとられる俺に向かって、ヤレヤレと肩をすくめる八奈見。

「そういうとこだよ温水君。相変わらず女心が分かってないね」

「え、八奈見さんは今の小鞠の気持ちが分かったのか」

「ううん、分かんない」

じゃあなぜ俺をディスった。

Wの理不尽に耐えながら、俺は今朝の出来事を思い返す。

……朝の持ち物検査で、天愛星さんは確かに俺を狙い撃ちしてきた。

俺個人に対するものかと思っていたが、小鞠も同じように狙われて、問題がない本まで没収されたのだ。俺、小鞠とくれば次は——。

次のグミを開けようか迷っている八奈見に視線を送る。

「八奈見さんは持ち物検査は大丈夫だった？」

「私、自転車通学でしょ。なんか面倒な感じだったから、有無を言わせず突っ切ったの」

強い。

「実は俺も本を没収されてさ。他の人は形だけの検査なのに、俺と小鞠だけ——」

あれ。そう言えば天愛星さん、俺で二人目って言ってたよな。

ひょっとして俺と小鞠の前にもう一人、没収の憂き目にあった文芸部員が……？

その時、音もなく部屋の扉が開いていくのに気付いた。

小鞠が戻ってきたのかと思いきや、スカーフを頭に巻いた眼鏡女子が、人目を避けるように部屋に入ってくる。

文芸部の前副部長、３年生の月之木古都だ。

先日のツワブキ祭で文芸部を引退したので、顔を合わせるのも久々だ。

なつかしさよりも先に、厄介ごとの気配を感じるのは多分気のせいではない。

「お久しぶりです。どうしたんですかそんな格好で」

月之木先輩は静かに扉を閉めると、身をかがめて椅子に座る。

「……久しぶりね。二人とも元気にしてた？」

八奈見が笑顔で答える。

「はい、温水君は相変わらずですけど。先輩こそ受験勉強は大丈夫ですか？」

「大丈夫じゃないわ。それより聞いて、大変なことになったの」

この人の受験勉強より大変なことだと……？

どんな面倒を持ちこもうというのか。俺と八奈見はコッソリ目配せをする。

「えーと、それは大変ですね。先輩、お茶でもどうですか」

「じゃ、私が淹れるよ。温水君も飲むよね」

立ち上がろうとする俺たちを、手で制する月之木先輩。

「待って、スルーしないで。騙されたと思って聞いてちょうだい」

残念ながら逃げられそうもない。俺と八奈見は、やむを得ず座り直した。

「分かりました。騙されたと思って聞きましょう」

月之木先輩は深刻そうな表情で話し出す。

「手短に言うわ。自作のBL小説本を、今朝の持ち物検査で没収されたの」

本当に騙された。

「受験も近いのに、なんでそんなものを作ってるんですか」

わざとらしい仕草で、額に手を当てる月之木先輩。

「むしろ逆よ。受験勉強のストレスが原因で、そんな行動に走ったの。競争社会の哀れな被害者――それが私だといっても過言ではないわ」

「じゃあ反省して次に繋げましょう。反省文とかで許してくれるんじゃないですか」

軽く返しつつも、先輩の態度に微妙な違和感を感じる。

持ち物検査でBL本を没収されたからって、なぜコソコソと部室に来たんだ……？

「BL本くらい、いつものことですよね。大変なことってそれだけですか」

俺のもっともな疑問に、先輩は言いにくそうに言葉を続ける。

「それが――没収されたのはナマモノ同人なの。さすがに問題になりそうなのよ」

「……なまものどうじん？」

不思議そうにオウム返しをする八奈見。

堅気の八奈見には少し説明が必要か。

「えっと、実在の人物を登場人物にした話だよ。BL界隈でよく聞く単語だな」

それが問題になりそうということは。

「まさか、この学校の誰かを登場人物にしたんですか？」

コクリと頷く月之木先輩。

「生徒会長の放虎原は知ってるでしょ。あの子の男体化BL本なの」

「それは全面的に先輩が悪いです。反省してください」

――ツワブキ高校生徒会長、放虎原ひばり。

文武両道の優等生で、キリッとした美人だ。中身は多分ちょっとおかしい。

と、八奈見がそっと手を上げる。

「あの、なんたいか……ってなんですか？」

確かにこれも説明が必要だ。今度は月之木先輩が口を開く。

「私の小説の中では放虎原は男なの。特に理由はないけど、とにかくそうなのよ」

力強く言い切った。

とにかくそうなら仕方ない。深く納得する俺と裏腹に、八奈見はグミと間違えて虫でも食ったような顔をする。

「ええと、それはなんのために……？　あ、いえ説明はいいです」

八奈見が納得したようなので、俺は話を進める。

「会長って生徒会時代の後輩ですよね。素直に謝って返してもらいましょうよ」

チッチッチと、月之木先輩が俺に向かって指を振る。

「ナマモノ同人は決して当事者の目に触れさせることなく、同好の士だけで楽しむのが鉄則よ。同人誌の存在は本人には知られてないようだし、秘密裏に解決したいの。本当はもう一人の当事者の温水君にも秘密にしたかったんだけど、背に腹は代えられないというか」

「まあ確かに、そんなのを本人に見せるわけには——」

……ん？　いまこの人、なに言った。

「いま、俺も当事者って言いませんでした？　ひょっとして俺も出てるんですか？」

「大丈夫、初心者の温水君に配慮して、あえて攻めにしてみたの。クール系の強気攻めが意外とハマって、お姉さん安心したわ」

俺の安心はどこいった。

「その同人誌、いまどこにあるんですか？　まさかもう先生の手に渡ったとか——」

「実物は生徒会の馬剃さんが持ってるわ。謝りに行ったんだけど、私あの子に嫌われてるからけんもほろろでね。終業式の日に職員会議があるから、それに提出するって息巻いてるのよ」

職員会議で先生たちが、俺と生徒会長のＢＬ本を読むというのか。

月之木先輩はパンと両手を合わせる。

「お願い！　文芸部のためと思って、それまでに本をあの子から取り返して！」

ええ……なんで俺がそんなこと。

「でも先輩はもうOGじゃないですか。自己責任ということで、今回は文芸部はノータッチということでどうでしょう」

そう、部長となったからには組織を守るため、時に冷酷な判断も必要なのだ。というか巻きこまないでくれ。

どうやって話を切り上げようか迷っていると、先輩が気まずそうに視線を宙に泳がせているのに気付く。

「……まだなんかあるんですか」

「BL本の奥付に文芸部の名前を入れちゃったの。ちなみに発行人は部長の温水君よ」

……はい？　この人、なにしてんの!?

「職員会議に呼び出されるとしたら、私と部長の温水君かな。協力して――くれるわね？」

言葉を失う俺に、八奈見がグミの小袋を差し出してくる。

俺はまけんグミの『グー』を口に入れると、力一杯噛(か)みしめた。

◇

月之木先輩が去った後。俺は中庭沿いの外廊下を八奈見と並んで歩いていた。

自販機に飲み物を買いに出たら、八奈見もついてきたのだ。

「あれだよね。月之木先輩、ある意味変わってなくてホッとするよね」

モキュモキュとグミをかみながら八奈見。

「むしろ少しは変わっていて欲しかったな……」

今回ばかりは完全にもらい事故だ。俺に責任はない。これっぽっちもない。

「俺たちより、玉木先輩に任せた方が上手くいくんじゃないか？　なにも1年生が出ていかなくても」

玉木慎太郎。文芸部の前部長で、月之木先輩の彼氏だ。なんというか尻拭いなら彼氏の出番じゃなかろうか。

「月之木先輩が言ってたじゃん。玉木先輩には知られたくないって」

八奈見はポケットを探ると、悲しそうな顔をする。まけんグミ、食べ切ったらしい。

「……まあ、色々微妙な時期だしな」

月之木先輩は国立大志望の玉木先輩とは進学先が異なる。

あんな感じだが、卒業を控えて少しナーバスになっているのだ。じゃあそんなもの書くな。

「温水君、お世話になった先輩の頼みだよ。聞いてあげるのが人の道ってもんじゃないかな」

八奈見は先輩にもらったランチの招待券をヒラヒラさせる。

「それに文芸部の名前で本を出している以上、無関係じゃいられないんじゃない？　先輩たちって退部届を出してるわけじゃないから、形としてはまだ部員なんでしょ」

　ランチ券で買収されたくせに正論だ。俺は無言で頷（うなず）く。

　部活の引退は強要されているわけではない。あくまでケジメで身を引くだけで、望めば卒業まで部活を続けることだって可能だ。

「月之木先輩、2年生の時は生徒会にいただろ。その時後輩だった生徒会長が、当時から先輩の不祥事をフォローしてくれてたらしいけど」

「今回は会長に言えないから、それが期待できないよね。副会長の馬剃（ばそり）さんにお願いしにいってみる？」

「今日の持ち物検査、明らかに文芸部を狙い撃ちにしていたからな。目を付けられてるのは月之木先輩だけじゃない。文芸部そのものだ」

　ナマモノBL同人誌が部の名前で作られたのは確かだし、これが表沙汰（おもてざた）になったら――。

「……こないだ『鳥を見る会』が活動停止になったんだ。文芸部も下手したらそうなるぞ」

「鳥？　平和そうな部活じゃん。なにやらかしたの？」

「部長会での報告によれば、鳥じゃなくてツワブキ女子の隠し撮りをしてたらしい。のぞきとかじゃないけど、人気がある女子の写真を売ってたとか」

　本人には内緒だが、八奈見も8枚の売り上げを記録したらしい。焼塩（やきしお）の半分で、姫宮（ひめみや）さんの

4分の1の売り上げだ。胸を張っていい。

「活動停止になったら困るよね。放課後、お菓子食べたり宿題するとこなくなるし」

「それ、文芸部の活動と関係ないよね」

俺は自販機の前で立ち止まると、考えをまとめながらサンプルを眺める。

相手は天愛星(ていあら)さんだ。月之木(つきのき)先輩が勝手にやったと言い訳をしても、聞いてくれる気がしない。第一、先輩はまだ文芸部員だし無関係じゃないわけで。

これ本当に文芸部のピンチじゃないのか……?

「ねえあれ、生徒会の志喜屋(しきや)先輩だよね」

考えこむ俺の意識に、八奈見(やなみ)の声が割りこんできた。

その視線を追うと、寒々(さむざむ)とした中庭のベンチに見慣れた人影が佇(たたず)んでいる。

——生徒会書記、2年生の志喜屋夢子(ゆめこ)。歩く屍(しかばね)系女子のギャル先輩だ。

「寒いのにあんなところで何やってるのかな。温水(ぬくみず)君、声かける?」

「ちょっと待って。あの人に下手に近づくと危ないぞ」

俺はブレザーの内ポケットから手帳を取り出す。

「なにそれ」

「ここ最近、志喜屋先輩の生態を観察してるんだ。このシチュエーションは前に見たことがある」

「……え、なんか久々に温水君のキモイとこが出てきたんだけど」

「いやいやキモくないって。野鳥の観察日記みたいなものだし」

キモくない俺は手帳を開く。

「志喜屋先輩は気温が１２℃を下回ると動きが鈍くなるんだ。今月に入って、その傾向が顕著になりだした」

「…………へえ」

無表情な八奈見を横目に、手帳のページをめくる。

「今日みたいに風のない日は、ああやって日向ぼっこをして体温を上げようとする習性がある。変温動物、特に爬虫類によく見られる行動だな」

もう一度、へえと言って空を見上げる八奈見。

「でも、もう夕方だよ。ベンチの周り、日陰になってるし」

「油断して日陰になると、体温が下がって動けなくなるんだ。つまり今の志喜屋先輩は、低体温で意識低下を伴う症状が出ているとみた」

俺は手帳をしまうと、自販機に硬貨を入れる。

さて、ここはあえて冷たいジュースでも買って、暖かい部室に戻るとするか。

「放っておいて大丈夫？　それって死にかけてるんじゃない？」

「……そんな気もする」

俺はホットミルクティーのボタンを押すと、ペットボトルを手に志喜屋先輩に駆け寄った。

◇

最寄り駅近くのカフェで、俺と八奈見(やなみ)は志喜屋(しきや)さんとテーブルを挟(はさ)んで向かい合っていた。

目の前にはコーヒーとケーキ、そして謎のボードゲーム。

ここはいわゆるボドゲカフェというやつらしい。中庭で救出した志喜屋さんに、お礼の名目で連れてこられたのだ。

「遠慮せず……私……実家太い……」

「かえってすいません、ごちそうになります」

「はい！　それじゃあいただきます！」

八奈見は言い終わると同時にケーキを頬張(ほおば)った。

シンプルなベイクドチーズケーキはこの店の手作りらしい。一口食べると、バランスのよい甘みと酸味が口の中に広がった。

早くも最後の一口にフォークを突き刺しながら、八奈見が顔を輝かせる。

「先輩、このケーキ美味(おい)しいですね！」

「遠慮せず……お代わり……好きなだけ……」

いいのかそんなこと言って。こいつホールでいくぞ。

俺はコーヒーに砂糖を入れながら店内の様子をうかがう。周りでは大学生らしき客がボードゲームに興じていて、平日なのに盛況だ。

志喜屋さんは慣れた手つきでボードゲームのコマを配りだした。

「なんですか、このゲーム」

「フィヨルド……陣取り……」

ボソリとそれだけ言うと、黙って小さなコマを配り続ける志喜屋さん。よく分からんが邪魔したら悪そうだ。

八奈見がなぜか俺のケーキを見つめながら、小声で呟く。

「……ねえ、温水君。あのこと相談したら？」

「あのことって？」

「月之木先輩が没収された同人誌の件。志喜屋先輩、生徒会でしょ。口利きしてくれるかも」

確かにそうかもしれないが。ある意味、志喜屋さんは敵陣営だ。

コソコソ話す俺たちに、志喜屋さんが首を傾げる。

耳ざとく聞きつけた志喜屋さんが配る手を止める。

「月之木……先輩……？」

「なにがあった……の？」

志喜屋さんの白い瞳が俺に向く。怖い。

この人にどこまで話していいのだろうか。文芸部を気にかけてくれているのは確かだが、月之木先輩と仲がいいのか悪いのか、微妙な感じだし……。

目配せをすると、八奈見が軽く頷き返してくる。

「えっと、それが――」

俺は覚悟を決めて説明を始める。

話を最後まで聞き終えた志喜屋さんは、小さく溜息をついた。

「天愛星ちゃんは……月之木先輩が……嫌い」

身も蓋もなく断言すると、再び手を動かす。

「あの二人は生徒会にいた時期は被ってないですよね。なんでそんなに嫌われてるんですか？」

コマを配り終えた志喜屋さんは、次に小さな六角形の地形パネルを取り出した。

「3人で……順番に……置く……」

「え？　あ、はい」

志喜屋さんはあくまでゲームを続けるようだ。

進めていくうちに、何となくルールが分かった。

地形パネルと家のコマを並べてフィールドを作り、プレイヤーは順番にバイキングのコマを置いて陣取りをする。囲碁感覚のゲームだ。

「えーと、コマを置くところがなくなったのですが」

「そしたら終わり……たくさん置けたら……勝ち……」

一回戦は志喜屋さんの圧勝。俺は八奈見に次いで3位、早い話が最下位だ。

……なんか悔しい。今のは相談事が頭にあって集中できなかっただけで、俺が本気を出せばこんなもんじゃないはずだ。

と、八奈見が俺を肘でつついてくる。

「ねえ、温水君。こんなことしてていいの？」

「ちょっと待って八奈見さん。コツはつかめたから次こそは」

「ゲームじゃなくて相談の方だよ、温水君」

そうだった。俺は志喜屋さんに正面から向き直る。

「すいません、さっきの話の続きなんですが。なんとか同人誌を――」

「これ……並べて……」

「え？　あ、はい。俺の番ですね」

速やかに二回戦に突入した。

もちろん、ただ遊んでいるわけではない。これも相談を円滑に進めるための方便みたいなものだ。最初はブツブツ文句を言っていた八奈見も、段々とゲームに熱中しだす。

「温水君、そこ塞がれたら私が置けないんだけど?!」

「いや、そういうゲームだし」

どのみち文句を言う八奈見を狙い撃ちしていると、志喜屋さんが思い出したようにポソリと呟く。

「事情……分かった……でも……」

志喜屋さんは細い指で、黒いバイキングのコマを置く。

「天愛星ちゃん……月之木先輩絡み……意地になる」

唐突に始まった悩み相談の回答編。

「だけど、月之木先輩だけじゃなくて、生徒会長の名誉にもかかわるというか。できれば穏便に済ませたいんですが」

志喜屋さんがカクリと頷く。

「だね……桜井少年……胃に穴開く……」

――桜井少年？　誰かは知らないが、その人の胃に穴が開くらしい。

見ず知らずの桜井君に親近感を覚えていると、八奈見が盤上の俺のコマに手を伸ばす。

「ねえ、温水君のコマ動かしていい？」

「ダメだし、いま真面目な話をしてるんだけど」

俺の胃にも穴が開きそうだ。コーヒーを一口飲んで仕切り直す。

「なので志喜屋先輩に間に入ってもらえたらなと。馬剃さんとは仲が良いですよね？」

仲が良い、の言葉にパチパチと目をしばたかせる志喜屋さん。

「うん……天愛星ちゃん……仲良し……」

志喜屋さんは両手でカップを抱えると、どこを見ているか分からない白い瞳で、ジッと固まり続けた。

どれだけ時間が経ったころだろう。志喜屋さんが微かに唇を動かす。

「天愛星ちゃん……落として……みる？」

「はあ、なにを落とすんですか」

戸惑う俺に志喜屋さんが言葉を続ける。

「あの子を君が……モノにする……の」

「はっ?!」

俺の横では八奈見がむせてる。つーかこいつ、俺のケーキ勝手に食ってる。

喉を詰まらせる八奈見を無視して、首を勢いよく横に振る。

「いやいや、無理ですって！　名前くらいしか知らないのに、付き合うとか――」

言いかけた俺の背中を強めに叩いてくる八奈見。

「ぬ、温水君、先輩は付き合えなんて言ってないじゃん……」

八奈見はハンカチで口元を押さえて咳こみながら、涙目で俺を睨んでくる。

「でも落とすってことは、その……そういうことだろ？　軽々しく扱うべきじゃないというか、そもそも簡単に落とせないというか――」

しどろもどろの俺に向かって、志喜屋さんはなぜか両手の指でハートマークを作る。

「大丈夫……天愛星ちゃん……チョロい……」

あの人、チョロいのか。そんな気はするが。

「だからって馬剃さんを落とすとか、俺には無理だって」

「温水君が考えすぎなんだよ。単に馬剃さんと仲良くなって、同人誌を返してもらうようにお願いするだけじゃん。ですよね、先輩？」

「それ、どう考えても八奈見さんがやった方が良くない？」

「あの子、ちょっと怖いからヤダ」

俺だって怖いぞ。ついでにいえば志喜屋さんも怖い。

「先輩。俺、馬剃さんと仲良くできる気がしないんですが」

「天愛星ちゃん……優しくすれば……簡単……」

馬剃天愛星、ギャルゲーのチュートリアルキャラかな。

「いや、でも――」

「弱みを握り……恩を売る……罪悪感で逃げ道……塞ぐ」

志喜屋さんは呟きながら、コトンと盤上に小さな黒いコマを置く。

「協力……するよ？」

なんか物騒な感じになってきた。ホントにこの人、天愛星さんと仲いいのか。

断るか否か。迷う俺の心を見透かすように、志喜屋さんが俺を見る。

「本……取り戻したい……でしょ……？」

「ええ、まあ」

言葉を濁す俺に向かって、八奈見がジト目を向けてくる。

「せっかく先輩が手伝ってくれるって言ってんじゃん。覚悟決めなよ」

「そもそも俺、女子が苦手なんだって。面と向かうと上手く話せないというか」

「温水君、私が女子だってたまには思い出そうか」

八奈見は俺に空のケーキ皿を返すと、両手を合わせてごちそうさまをする。こいつ、無断で全部食ったぞ。

「それに邪（よこしま）な気持ちがあるから変になるんだよ。温水君、妹ちゃんと仲いいじゃん。馬剃さんを妹だと思って、優しくしてあげる感じなら大丈夫でしょ」

天愛星さんが妹だと……？

いやしかし、口うるさいツンデレ妹はラノベの定番だな。そう思えばギリギリいけるかもしれない。呼ばれ方は「お兄ちゃん」と「バカ兄貴」のどっちがいいかな……。

俺は一年分の脳内シミュレーションを済ませると、志喜屋さんに向き直る。

「一つ確認させて下さい。俺が見たところ、馬剃さんは文芸部に敵意を持っています。今回の持ち物検査も、文芸部が狙い撃ちにされたのは間違いないと思います」

志喜屋さんは表情を変えずに、俺の話をじっと聞いている。

「俺は文芸部の部長として、この問題に取り組みます。いわば馬剃さんと敵対する立場ですが、先輩はそれでもいいんですか?」

ゆらり。揺れるように頷く志喜屋さん。

「いいよ……天愛星ちゃん……やりすぎかな……って」

「分かりました、力をお借りします。もちろん可能な限り穏便に済ませるよう努力します」

なにしろ妄想ストーリーの中では、天愛星(妹)は誕生日に手編みのマフラーまでくれたのだ。あまり手荒なことはしたくない。

俺も覚悟を決めて、力強く頷く。

「うん……私も……お手伝いだけ……」

と、スマホからポンと着信音が響いた。横目で通知画面を見ると、八奈見からのメッセージ。

Yana-Chan『口説くのが目的じゃないからね。抜け駆けは禁止だよ』

なんで隣にいるのに、わざわざメッセを……?

八奈見は素知らぬ顔で最後のマスにコマを置き——俺の最下位が決まった。

◇

……疲れた。

帰宅した俺は二階に上がる元気もなく、リビングのソファにどさりと腰を下ろした。

冬休みまで静かに過ごそうと思っていた矢先、こんなことに巻き込まれるとは。

どうしたものかと思いながら首をめぐらせると、壁に張られた手書きの横断幕に気付いた。

『温水和彦　生誕祭まであと８日』

数字の部分が剝がせるようになっていて、カウントダウン仕様になっている。

……ははあ、これは佳樹だな。毎年、完成度が増している。

妹の成長をしみじみ眺めていると、リビングの扉が開いた。

「お兄様、ただいまです！」

両手一杯に食材を抱えた佳樹がリビングに入ってきた。

「お帰り、遅かったな」

俺は立ち上がって荷物を受け取る。

「ありがとうございます。えへへ、まるで新婚夫婦みたいですね」

俺は佳樹の軽口をスルーして、食材を冷蔵庫に入れる。

「ずいぶんあるけど、これってお菓子の材料か？」

「はい。お兄様生誕祭の前夜祭、前々夜祭、前々々夜祭——えっと、今日から毎日ケーキを焼こうかと思いまして」

「ケーキは本番だけで大丈夫だ。八奈見さんがいるわけじゃないし、毎日焼いても食べきれないぞ」

「じゃあ、週末にお呼びしたらいいじゃありませんか。なんでしたら佳樹がお声がけしますよ?」

休日にまで八奈見と会うのは面倒だな。玄関先に置いといたら、夜中に勝手に食べてくれるとかならいいけど……。

「俺の見立てだと、八奈見さんはそろそろダイエットの周期に入るからやめとこう。それより父さんも母さんも遅くなるってさ。今日の夕飯、俺が作ろうか」

「いいんですか? じゃあお兄様の作るドライカレーが食べたいです」

「よし分かった。冷凍庫に挽肉があったよな」

ふと、佳樹に浮かんでいた笑顔がスウッと消える。

「どうした、佳樹」

「お兄様、今日はどちらに寄られてたんですか」

「ああ、ちょっと用事で喫茶店に——」

スンスンスン。佳樹は俺の胸元に顔を埋めると、匂いをかぎ始める。

「コーヒーとチーズケーキですね。それと——女性の香りがします」

「え、女の人？」

佳樹(かじゅ)は笑顔に戻ると、俺を見上げてくる。

「はい、上着の襟元にお化粧が付いていています。八奈見(やなみ)さんは学校ではファンデは使わないはずですが、どなたか他の女性と会っていたのですか？」

八奈見の化粧事情は知らんが、志喜屋(しきや)先輩だろう。中庭で介抱した時に付いたに違いない。

「えっと、知り合いにちょっと相談を聞いてもらって」

「それでお化粧が付くんですね。お兄様ったら、どんな相談をしたんでしょうか」

佳樹がやけにニコニコ顔で聞いてくる。なんだこのプレッシャー。

「体調が悪かったから支えただけだって。喫茶店も八奈見さんが一緒だったし」

「あら、八奈見さんも一緒だったんですね！ ごめんなさい、佳樹変なこと聞いちゃいました」

俺、変なこと聞かれてたらしい。

「じゃあ上着に付いたお化粧を落としますね。はい、脱いでください」

急に機嫌のよくなった佳樹は強引に俺のブレザーを脱がせると、ジッとそれを見つめる。

「そんなに汚れてるのか？」

「……いいえ、ご心配なく。佳樹が念入りに落としておきますね」

佳樹は満面の笑みで、俺のブレザーを抱きしめた。

◇

翌日の放課後。俺は廊下の角から生徒会室を見張っていた。

志喜屋さんから手に入れた情報によると、まもなく生徒会室が無人になる。

……もちろん偶然ではない。志喜屋さんが手を回してくれているのだが、そこはお互いに触れないのが暗黙の了解というやつである。

俺の脇の下をくぐるように、八奈見がニョコリと首を出す。

「ねえ、いつまで待つの？」

「八奈見さん静かに。そろそろ二人が出てくるから――」

ガチャリと生徒会室の扉が開く。中から出てきたのは生徒会副会長の馬剃天愛星。

その後に出てきた志喜屋さんが、チラリとこっちを見てからその後をついていく。

……よし、これで生徒会室は無人だ。俺は八奈見と視線を交わし合う。

俺たちは人目を気にしながら生徒会室に侵入した。

後ろ手に扉を閉めると、俺は室内をぐるりと見回す。

長机がいくつか並んだ部屋の奥には会長の席だろうか、古びているが立派な木製のデスクと大きな椅子。壁際には棚やロッカーが並んでいる。

八奈見が浮かれた様子で部屋の真ん中に進み出た。

「まるで悪いことしてるみたいだね。なんかちょっとワクワクしない？」

「いや、本当に悪いことしてるんだって」

——俺たちの作戦はこうだ。

タイミングを見て志喜屋さんが天愛星さんを連れ出すので、その隙に生徒会室に侵入。天愛星さんが使っているロッカーの中を探るのだ。

同人誌が見つかればそれで良し。それでなくても、天愛星さんの嗜好や秘密を知って攻略の足掛かりにするのだ。

「右から2番目の上段……これかな」

自分の罪悪感を塗り潰すように呟きながら、ロッカーに手を伸ばす。

「温水君、わざわざあの子を連れ出してもらわなくても、志喜屋先輩一人の時に来たらよかったんじゃない？」

「馬剃さんは帰るときにロッカーを施錠していくらしいんだ。志喜屋さん曰く、何か隠しているんじゃないかって」

心苦しいが、二人が戻ってくるまでに調査を終えねばならない。

生徒会には会長ともう一人、会計の人がいるそうだが、いまは運動部の視察に出ているらしい。千載一遇のこのチャンス、逃すわけにはいかないのだ。

決して女子のロッカーをちょっと見てみたいとか、そんな邪な考えはない。本当だから信じてくれ。

静かにロッカーを開くと、中にはキッチリ整理された本やファイルが並んでいる。

雑誌とか女子がやたら持ってるポーチとか、『遊び』にあたる物は一切見当たらない。

横から八奈見がロッカーを覗きこむ。

「おお、ストイックなロッカーだね。馬剃さん、意外と私に似てるかも」

「どこが？」

「分かってないね温水君。お菓子をストックしておくと、ついつい全部食べちゃうじゃん。だからあえてのノンストックなんだよ」

こいつ、お菓子以外に入れる物はないのか。

「分かったから調べるの手伝ってくれ。俺が女子の荷物を触るのって問題あるだろ」

「大丈夫だって、見た目は女子というより先生の机みたいだし。温水君、その紙袋はなにが入ってるの？」

「……紙袋？」

並んだファイルや本の間に、書店の紙袋が混じっている。その使いこんだ雰囲気は、中に書類でも入れているのか。

ためらいつつ手にとって中を見ると、テストの答案用紙がぎっしりと詰まっている。

「これ、４月からのテスト結果が全部入っているのか……？」

さすがにこれはプライバシーの侵害だ。俺は袋を元通りの場所に戻す。

ひと通り調べたが、他には生徒会の仕事に関する書籍やファイルしかないようだ。

とりあえず天愛星さんが真面目なことは分かったが、収穫はなさそうだ。

俺は半ばホッとしながらロッカーを閉じる。

「温水君、なんか落ちたよ」

八奈見がしゃがみ込んで、小さな紙片を拾う。

なんだろう、このどこか見覚えのある短冊は――。

と、いきなり生徒会室の扉が開いた。身構える暇もなく、一人の生徒が入ってくる。

八奈見は紙片を俺のポケットに突っこみ、慌てて振り向く。

「……あれ。君たち、ここでなにをしてるんだい」

声の主は額にかかった前髪を払いながら、穏やかな笑みを浮かべる。

ネクタイにズボンの制服は男子――だよな。

俺が一瞬迷ったのも無理はない。その男子生徒は整った中性的な顔立ちに小柄な身体。

しなやかな仕草は八奈見よりよっぽど女らしい。

「えーと、あの……」

言葉に詰まる俺を押しのけ、八奈見が前に出た。

「志喜屋先輩に呼ばれてきたんですけど、いなかったので待たせてもらってました」

爽やかな笑顔で答える八奈見。

「そうなんだ。——ねえ、ひばり姉。夢子さんがどこに行ったか聞いてるかい？」

「いや、志喜屋は自由なやつだからな。二人とも座って待っていたまえ」

男子生徒に続いて、背の高い女生徒が部屋に入ってきた。

生徒会長、放虎原ひばり。迫力のある見た目と裏腹に、天然疑惑もある2年生だ。

このまま帰っては疑われる。俺たちは素直に座った。

男子生徒は食器棚から湯呑みを取り出しながら、笑顔を向けてくる。

「二人とも、お茶を淹れるから待っててくれるかな」

「すいません、お構いなく。ええと——」

……この人、誰だっけ。部長会でも見かけたことがないぞ。

俺の視線に気付いたか、はにかんだような笑みを浮かべる男子生徒。

「会計の桜井弘人です。人前が苦手で会議には出ないから、初めましてかな」

「あ、どうも……文芸部の温水です」

この人が志喜屋さんの言っていた桜井少年か。

どことなく疲れた雰囲気が、なんか妙に色っぽい。

……もちろん変な意味ではないぞ。見たままを言っているだけだ。

桜井君がお茶の準備をしていると、会長がその横から手を伸ばす。

「よし、たまには私がお茶を淹(い)れるとしよう。弘人(ひろと)は座っているがいい」

「ひば姉、茶筒の上下が逆——」

あ、会長が茶筒の中身をぶちまけた。

それからも桜井(さくらい)君の胃が痛くなる光景が続く。

「掃除は後で僕がするから。まずはお茶を淹れてみようか」

「弘人、なにもしてないのに急須の取っ手が折れたんだが」

「……それは困ったね。やっぱりここは僕に任せて、ひば姉はゆっくりしていてよ」

「湯呑(ゆの)みも割れたぞ。なにもしてないのに」

3つ目の湯呑みが割れたところで——俺たちは暇乞(いとまご)いをして、生徒会室を後にした。

八奈見(やなみ)と部室に戻った俺は、机に両肘(りょうひじ)をつき、顔の前で指を組む。
「それにしても危ない所だった。馬剃(ばそり)さんのロッカーを開けてる現場を見られてたら、言い訳できないところだったな」
八奈見は頷(うなず)くと、椅子の上で足を組む。
「本当だね。生徒会室に忍びこんだのだって私が上手くごまかしたからいいけど、普通なら大問題だよ」

……よし、説明パートは終わった。俺と八奈見は部室の隅に視線を送る。

視線の先では椅子に座った小鞠が、オドオドと俺と八奈見の顔を見比べている。

「な、なに？　なんで、そ、そんな説明口調で私に聞かせる……？」

「もちろんお前を巻き込むためだ」

「こっちおいで、小鞠ちゃん」

「うぇ……や、やだ」

小鞠が怯えて動こうとしないので、俺と八奈見は椅子ごと小鞠の近くに移動する。

「さて、今回の調査では何も収穫は得られなかったわけだが」

「だね。次の一手を考えないと」

八奈見の言葉に、俺は大きく頷く。

「だな。それで小鞠はどう思う？」

「なっ、なにを?!　だから、なんの話?!」

勢いで押し切ろうとしたが無理だった。

俺は改まった口調で説明を始める。

「昨日、校門で持ち物検査をしてただろ。俺たちだけじゃなく、月之木先輩も没収されたんだ

――ナマモノＢＬ同人誌を」

「うなっ!?」

小鞠のやつ、やけにいい反応をするな。

俺がジッと見つめると、そそくさと本で顔を隠す小鞠。

「そういえば、なんでわざわざそんなものを学校に持って来たんだろうな」

「さ、さあ……」

「先輩曰く、ナマモノ同人は同好の士で楽しむのが鉄則らしい。つまり――」

そこで一旦、言葉を切る。恐る恐る本から顔を出した小鞠と目が合う。

「この学校に同好の士が潜んでいる。そういうことにならないか?」

小鞠がフルフルと首を横に振る。

「ど、同好の士違う! 温水が攻めなのは、か、解釈違い!」

お前の趣味は聞いてない。

「やっぱ先輩は小鞠に貸すつもりで持ってきてたのか。ってことは仕方ないよな」

八奈見が腕組みをしてコクリと頷く。

「そうだね、これは共犯者の中でも共同正犯にあたり重罪です。小鞠ちゃん、お勤めは果たさないと」

「うぇ……つ、つまり、どういうこと……?」

「要するに、小鞠はすでに巻き込まれている――ということだ」

キイィイイ……。軋む音をたてながら部室の扉が開く。

扉の向こう側、暗闇に白い瞳が鈍く光る。

小鞠が震えるハムスターのように、椅子の上で膝を抱えた。

さて、今日も作戦会議の開始だ――。

作戦会議が終わった頃には、辺りはすっかり暗くなっていた。

俺は最寄りの駅から電車に乗ると、さっきの志喜屋さんとの会話を思い返す。

――志喜屋さん曰く、天愛星さんには趣味らしい趣味はない。

生徒会の仕事と勉強以外をしているのを見たことがなく、友達と上手くいっているのか不安とのことだが、俺に言わせれば志喜屋さんの方こそ不安である。

「まあ、俺に心配されるいわれはないよな……」

どこに座ろうか車内をぶらついていると、

「あれ、ぬっくん乗ってたんだ。こんな時間まで文芸部だったの？」

疲れを感じさせない、夏の太陽のような明るい声がかけられた。

横長のシートの中央に腰かけ、手招きしてきたのは焼塩檸檬。

同じ1年生で陸上部との兼部部員だ。

日焼けした顔に楽しそうな表情を浮かべ、自分の隣をポンポンと叩く。

俺は少し考えてから、一つ空けて隣に座った。

「ああ、ちょっと相談が長引いてさ。焼塩(やきしお)こそ、今まで補習だったのか？」

焼塩は苦笑いしながら、間の一席をつめてくる。

「いやー、まいったよ。すっごいガチな雰囲気でさ。先生たち、留年するぞって脅してくるし」

多分それは脅しではない。

「補習で済ませてくれるんなら良かったじゃん。で、どの教科が赤点だったんだ」

焼塩が不思議そうな顔をする。

「へ？　赤点にどの教科とかある？」

まさかの全教科赤点か。先生たち、もっと脅せ。

電車は川を越え、その先の駅に停まった。乗り降りする乗客の流れを眺めながら、何となく会話が止まる。

ガタン、と揺れて再び列車が動き出した。

「そういや焼塩ってなんでいつも電車通学なんだ？　このくらいの距離、平気で走るだろ」

さり気なく変えた話題に、焼塩が乗ってくる。

「それが聞いてよ！　最初は自転車通学だったんだけど、寄り道ばっかしてたらママに電車通

「学にしなさいって」

「電車だって寄り道できるじゃん」

「入学したばっかのころ、学校帰りに自転車で浜名湖を見に行ってさ。帰りが遅くなって、メッチャ怒られたんだ。電車なら定期券の範囲だからまだ安心なんだって。ひどくない？」

浜名湖はお隣、静岡県の汽水湖だ。ツワブキ高校からは片道２０km近くある。

こいつ、名物のうなぎパイでも食いに行ったのか。

「いいからお母さんのいうこと聞こう。うん、それがいい」

「えー、ぬっくんも女子陸の先輩みたいなこと言うー」

陸上部には、まともな先輩がいて幸いだ。

「そういや、陸上部の練習は大丈夫なのか。補習があったら出られないだろ」

「そうなんだよ。赤点のせいでしばらく部活禁止でさ」

焼塩はわざとらしく溜息をつく。

「自主練はしてるけど、走るだけだと身体なまるよね」

走ってても身体がなまるんだ……。

ツッコみ案件かどうか迷っていると、焼塩は最近時折見せる大人びた笑みを浮かべた。

「まあでも、少し考える時間が欲しかったからさ。丁度良かったかも」

「部活でなにかあったのか」

「陸上部——っていうか、あたしの問題かなー」

俺が聞き返すよりも早く、終点への到着を告げるアナウンスが流れ出す。

電車が速度をを落としながらホームへ滑りこんでいく。

完全に停まる前に、焼塩がカバンを肩にかけながら立ち上がる。

「んじゃ、あたし行くね。ぬっくんも、あんま悩んじゃダメだよ」

「え？　ありがと、気をつけるよ」

ドアが開くと同時に、手を振って飛び出していく焼塩。

俺、なにか悩んでいるように見えたのか。確かに自分が出てるＢＬ同人誌の件で、悩んでいると言えなくもないが……。

苦笑いしながらホームに降りる。

上着のポケットに入れたスマホを探ると、指先に小さな紙切れが触れた。

……そういえば。

生徒会室で会長たちが戻ってきた時、八奈見が俺のポケットに何か突っこんだ気がする。

なにげなく取り出すと、それは期末テストの成績票だ。

印字された氏名は——１年Ｂ組　馬剃天愛星。

◇

翌日の昼休み。俺はツワブキ高校の食堂で、トレイを持ったまま立ち尽くしていた。

前に並んでいた人の真似をしてA定食を入手するところまでは成功したが、食堂の席は友達と談笑する生徒で埋まっている。

「……席、空いてないじゃん」

立ったまま食うしかないのか……？

覚悟を決めながら辺りを見回していると、食堂の片隅になぜか薄暗い一角がある。

見れば４人掛けの丸テーブルに志喜屋さんが一人、静かに佇んでいる。

俺は生徒の間をぬってそこに行くと、向かいの席に座った。

「すいません、もう来てたんですね」

「私も……いま来たとこ……」

昨晩、志喜屋さんに二人で話がしたいと連絡したところ、食堂を指定されたのだ。

昼休みの食堂に来るのは初めてだ。

そもそも、おひとり様だと昼休みの選択肢に上がらない。パーティーを組まないとプレイできないネトゲのようなものである。

「食べない……の？」

「あ、はい、頂きます」

ランチのメンチカツを箸で割っていると、隣のテーブルからドッと笑い声が上がった。俺は思わず目を逸らす。

満席の食堂で先輩女子と二人きりでランチ。八奈見のおかげ（？）で少しは女子に慣れた気がしていたが、食べ物が喉を通らない。

志喜屋先輩は相変わらずの無表情のまま、焼きサバを箸でバラしている。

「話……あるんでしょ……？」

「え、あ、はい」

俺はお茶を一口飲む。

「昨日、生徒会室でこんなもの拾っちゃって」

俺は八奈見に押し付けられた期末試験の成績票をテーブルに置く。

そこに印字された内容は――２２８人中、２０２位。

志喜屋さんはチラリと視線を送るだけで、驚いた風もなくサバをバラし続ける。

「天愛星ちゃん……成績悪い……」

「先輩も知っていましたか」

「あの子……隠し事……下手」

俺は頷くと、テーブルの紙片を志喜屋さんに押しやる。

「落ちていたと言って、馬剣さんに返してもらえませんか」

「成績……あの子……秘密にしてる……」

志喜屋さんはサバの骨を箸の先で器用につまむと、顔の前にかざす。

「だから……知らないフリしないと……」

「じゃあ、先輩から返すのは無理ですね」

「だね……上手く使って仲良く……なって？」

志喜屋さんの言葉に、成績票をしまおうとした手が止まる。

昨日から喉に刺さった小骨のように、何かが心に引っ掛かっていて。

それがいまの志喜屋さんの言葉で形になった。

「――先輩、最初からこの流れを予想していたんですか」

「どうして……そう思う、の？」

カクン、と志喜屋さんが首を傾げる。

「生徒会室に忍びこんだのもそうなんですけど。先輩に言われた通りにロッカーを調べたら成績票が落ちてきたのも、なんか偶然にしては出来すぎかなって。もしかして最初から、これを俺たちに拾わせるのが目的だったんじゃないですか？」

しばらく続く沈黙。

「天愛星ちゃんと……月之木先輩………仲良くして欲しい」

サバを綺麗にバラし終えた志喜屋さんは静かに箸を置く。

「それだけ……だよ？」

はぐらかされた、と思う。

嘘はついていないかもしれないが、俺が知るべきは天愛星（ていあら）さんと月之木（つきのき）先輩——あの二人になにがあったか、ではない。

「去年、あなたと月之木先輩の間に何があったんですか」

「…………」

白いコンタクトレンズの向こう側、志喜屋（しきや）さんの瞳がわずかに揺らいだ気がする。

更に言葉を継ごうとした矢先、にぎやかな声が一気に重い空気を吹き飛ばした。

「あれー、夢子（ゆめこ）じゃん。用事あるって言ってなかったっけ。ねえ、うちらも座っていい？」

「こんちわー、邪魔してごめんね！」

「っ⁉」

ラメ入りの華やかな化粧にデコったネイル、制服のルーズな着こなし。

いわゆるギャルファッションの女子が二人、問答無用で左右に座ってくる。

校章によると2年生——ということは、志喜屋さんの友達か。

「構わない……一緒に食べよ」

志喜屋さんは少しホッとしたように箸を手に取る。

「ねえ、1年生の君」

俺を珍しそうに見ていたギャル先輩（A）が話しかけてくる。

「……えっ、あの、俺ですか？」

「他にいないじゃん！」

ぎこちなく答えると、ギャル先輩（B）が楽しそうにケラケラ笑う。

「君って夢子とどんな関係？　彼氏？」

「はっ?!」

俺は大慌てで首を横に振る。

「違います！　えっと、俺の先輩の知り合いっていうか、その……」

俺の反応に声を合わせて笑う二人。

「えー、うちらのランチのお誘い、知り合いの知り合いに負けたんだ。ショックー」

「いやいや、そう言ってくっつくパターンじゃん。夢子も裏切るんだー」

「違っ……！　先輩、なんとか言ってくださいよ」

助けを求めると、志喜屋さんは箸を手に不思議そうに首を傾げる。

「君と私……付き合ってる……の？」

「いやいや、付き合ってませんよね?!」

ダメだ。陰キャな俺が先輩ギャル3人に囲まれて勝てるはずがない。

俺が完全に固まっていると、ギャル先輩（A）が皿に赤ウインナーを入れてくる。

「怖がらせてごめんねー、お詫びにこれあげる」

「彼氏候補君、早く食べないと昼休み終わっちゃうよー」

「はあ……」

そういやさっきから志喜屋さん、サバをほぐすばかりで食べてるところを見てないな。あの人もご飯を食べるのだろうか。

こっそり視線を送ると、皿の中身が綺麗に消えている。いつの間に食ったんだ。

と、湯呑みを両手で持った志喜屋さんと目が合う。

「どうしたの……？」

「い、いえ！」

俺はその白い瞳から逃れるように、冷めた味噌汁を一気にかきこんだ。

◇

その日の放課後、俺は生徒会室に向かっていた。

ポケットの成績票を指先で確認しながら、脳内シミュレーションを開始する。

——まずは生徒会室の前で何かを拾ったフリをする。

その際、『あれ、なんでこんなものが落ちているんだろう？』などの台詞を忘れずに。

生徒会室から誰かが出てきたら、たった今ここで拾ったと言って成績票を返す。

「……完璧だな」

我ながら隙のない作戦だ。前もって独り言を聞かせることで、信憑性を補強するのも心憎い演出である。

さて、後は昼休み以降一言も発していない俺の喉が、いうことを聞いてくれるかどうかなのだが――。

生徒会室へ続く廊下の角を曲がると、さっそく計画変更を余儀なくされた。

馬剃天愛星。成績票の持ち主が、深刻そうな表情で廊下をウロウロと歩いていたのだ。

突っ立つ俺の前まで来た天愛星さんは、ようやく俺に気付いたのか、ハッと顔を上げる。

「すみません――って、文芸部の部長さんでしたか」

悪かったな、文芸部で。

とはいえ喧嘩をしに来たわけではない。

「ひょっとしてなにか探してます？」

「そうですけど、お気遣いなく」

澄ました表情のまま通り過ぎようとした天愛星さんは、俺の取り出した紙片を見て顔を青ざめさせる。

「っ!?　どこでそれを？」

「えーと、いまさっきそこで拾いました。もちろん完全に偶然です」

よし、ここまでは自然な流れだぞ。イレギュラーな展開にも完璧な対応だ。

天愛星さんが手を伸ばして成績票を──取るかと思いきや、俺の腕を摑んで強引に引っ張る。

「ちょっとこっちに来てください！」

「え？　なに?!」

連れてこられたのは階段下の薄暗いスペースだ。

怯える俺を壁際に追い詰めると、見上げるように睨みつけてくる天愛星さん。

「……中身、見ましたか」

「いやまあ、チラッとだけで──」

「見たんですね！」

グッと近づく天愛星さんの顔。かすかに漂う制汗剤の香り。

「見えちゃったけど、そんなに気にしなくても」

「気にしますっ！　皆の模範となるべき生徒会役員が赤点ギリギリだとか、周りに知られるわけにはいきませんよね?!」

「えーと、そうだね。分かったから落ち着いて。はい、大きく息を吸って。吐いてー」

「え？　あ、はい」

天愛星さんは控えめな胸に手を当てると、大きく深呼吸。

「……少し落ち着きました。私以外の生徒会役員は成績優秀なんです。私もそう思われている以上は努力していますが、その途上を他人に見られたくないんです」

へえ、他の人はそんなに優秀なのか。でも待てよ。

「うちの学校って、試験の上位５０位までは掲示板に貼り出されるよね。そこに名前がなければ、成績優秀じゃないことはバレてるんじゃ」

俺の言葉に、天愛星さんの表情が凍りつく。

「……天愛星さん、大丈夫？」

「下の名前で呼ばないでください！　ということは……私の成績が上位でないことを、周りは知っているということですか?!」

「えーと、まあそうなるかな」

「じゃあ、優等生あるあるトークに乗っかったときも、周りは気を遣って知らないフリをしてくれたんですね……」

それは知らんが。

ガクリとうなだれる天愛星さんの手に、成績票を握らせる。

「みんな他人の成績なんて意外と気にしてないって。じゃ、俺は行くね」

会話を打ち切って逃げようとすると、逃げ場を塞（ふさ）ぐように天愛星（ていあら）さんが回りこんでくる。

「……待ってください。このこと、あなたの他に知っている人はいますか？」

天愛星さんは殺気のこもった瞳で、俺をにらみ付ける。

え、これって答えを間違ったらＢＡＤＥＮＤになるやつ……？

「いやその、いないけど」

恐る恐る答える俺を、黙って睨（にら）み続ける天愛星さん。

「あの……馬剃（ばそり）さん？」

「――条件を言ってください」

「へ？」

何の話だろう。戸惑う俺に、天愛星さんの冷たい声。

「わざわざ私が一人のところを狙って、こんな暗い所に連れこんだんです。秘密を守る代わりに、なにかを要求するつもりなのでしょう？」

いや、ここに連れこんだのは天愛星さんだぞ。

ツッコもうとした俺の脳裏に、まだ見ぬナマモノ同人誌の表紙がよぎる。

ひょっとしてこれは、本を取り戻すチャンスなのでは。

俺はゴホンと咳払（せきばら）い。

「まあ、その代わりってわけじゃないけど――」

言いかけた俺の目に映ったのは、唇を不安そうに噛む天愛星さんの姿。

……ここで本を要求するのは交渉ではない。脅迫だ。

確かに文芸部にちょっかいをかけてきたのは彼女が先だが、だからといって相手を脅していいわけがない。

自己嫌悪に落ちこんでいると、天愛星さんが不機嫌そうに眉をしかめた。

「代わりに、なんですか？」

「え、いや、ちょっと……」

口ごもっていると、天愛星さんは両腕を身体に回して飛びすさる。

「まっ、まさか、秘密と引き換えに良からぬことをっ⁉」

しません。

「なにか欲しくて届けたわけじゃないから。それに、もし勉強で悩んでいるのなら相談に乗れると思うけど」

おそらくは、嘘をついていることへの罪悪感。

思わず口にした提案に、疑わし気に俺を見る天愛星さん。

「あなたが勉強の相談に、ですか？」

「じゃなくて。こないだの試験で学年トップの子が俺の友達なんだ」

「あなたに学年トップのお友達がいるようには見えませんが」

よし、罪悪感はすっかり消え失せた。

「いるんだから仕方ないだろ。天愛星さんさえよければ頼んでみるけど」

しばらく考え込んでいた天愛星さんは、コクリと頷く。

「ではその方を紹介していただけますか。それと――」

天愛星さんはガラケーを取り出しながら、不機嫌そうに言った。

「下の名前で呼ばないでください」

◇

翌日の放課後。

俺は駅前の精文館書店本店――ではなく、隣接したハンバーガーショップにいた。

ナゲットとコーラを乗せたトレイを手に二階の客席を見回すと、窓際のテーブルにツワブキ生の男女が一組、隣り合わせに座っている。

綾野光希と朝雲千早。

夏休みに焼塩も絡めて色々あったが、いまはすっかり仲良しカップルの二人だ。

俺に気付いた綾野が手を上げた。軽く手を上げ返し、向かいの席に座る。

「二人ともわざわざごめん。塾は大丈夫なのか」

「気にするなって。温水の方から頼ってくれるなんて珍しいな」

期末テスト学年６位――綾野が嬉しそうに笑う。

「だけど急になにかあったんですか。知り合いの相談にのって欲しいって」

隣に座る朝雲さんは、シマリスを思わせる丸い瞳をくるりと回す。

両手でアップルパイを持ち、カリカリと食べる姿からは想像できないが、先日のテストは学年１位。二人そろって文句なしの優等生だ。

俺はコーラを一口飲むと、慎重に話し出す。

「えっと、これから来る知り合いは学校の勉強に悩んでてさ。二人の話をしたら一度会ってみたいって――」

俺は一旦、言葉を切る。

この二人相手に、言葉遊びや隠し事はしたくない。そんな気がしたのだ。

「温水、急に黙ってどうした」

綾野が怪訝そうな顔でポテトをつまんで差し出すと、朝雲さんがパクリと食べる。

なんでこいつら、いきなりイチャつき始めた。

「いや、ちょっと。少し長くなるが聞いてもらっていいか？」

二人が頷くのを確認すると、持ち物検査からの出来事を一通り話した。天愛星さんの順位までは言わなかったが、これで隠し事はないはずだ。

話を聞き終えた朝雲さんは、キラリとオデコを光らせる。

「話は分かりました。温水さんは同人誌を取り返すために、馬剃さんの弱みを探っていると
……。なるほど、私の出番ですね！」

そうだけどそうじゃない。

「えっと、同人誌を取り戻すために動いているのは否定しないけど。今日はただ、馬剃さんの
相談に乗ってあげてくれないかな」

「いいのか？　取り返さないとまずいんだろ」

綾野に向かって、俺は首を横に振る。

「弱みを握ったりじゃなくてさ。俺たちのことを信用してくれて、少しでも文芸部を知っても
らえたら上手くいくんじゃないかなって。まあ、理想論だけど」

ナマモノBL同人だって、月之木先輩なりの創作活動だ。

本来は身内だけで楽しむものが表に出たのは問題だが、天愛星さんが文芸部に執着していな
ければ持ち物検査もスルーされていたはずで。

……そういやあの人、どうして文芸部と月之木先輩をそんなに嫌ってるんだ。

思わず考えこむ俺に、なぜか綾野がポテトをつまんで差し出してきた。

反射的に食べると、綾野が爽やかに笑う。

「分かった、もちろん協力するよ」

「はい、私も光希さんと同じです。異論ありません」

朝雲さんはそう言って、頼もしそうに綾野の顔を見上げた。

「表向きは俺が二人に相談するところに、彼女が参考で同席するテイで頼む。あの人、成績のことはあんまり知られたくないみたいだから」

腕時計を確認すると、ちょうど約束の時間だ。

それを見計らっていたかのように、階段からトレイを手に天愛星さんが上ってきた。

彼女は真っすぐ俺たちのテーブルに向かってくると、深々と頭を下げる。

「初めまして、B組の馬剃です。今日は同席させてもらい、ありがとうございます」

あれ、この人こんなにまともな人だっけ。俺の前では毎回キレてるのに。

「こちらこそよろしく。俺はD組の綾野。こっちが――」

「F組の朝雲です。馬剃さん、どうぞ座ってください」

天愛星さんは俺の隣に座る。

軽く世間話をすると、天愛星さんの視線にうながされて俺が話を切り出す。

「早速だけど、二人の勉強法を聞かせてもらえないかな」

「特別なことはしてませんから、参考になるかどうか」

朝雲さんは可愛らしくコホンと咳払い。

実は俺も朝雲さんの勉強法には興味がある。頭の出来が違うとはいえ、なにか参考になることがあるかもしれない。

「そうですね、まずは教科書と副読本の中身を全部覚えます」

いきなり振り落とされた。

「全教科？　全ページ覚えるの？」

思わず聞き返す俺に、笑顔で頷く朝雲さん。

「ええ。奥付まで全部。後は皆さんと一緒ですよ。授業中、先生の言ったことは一字一句もらさず覚えておいて、予習復習をするだけです」

どうやら俺は『皆さん』には入っていないようだ。

同じく皆さん以外の天愛星さんは、ポカンと口を開けている。

「えーと。馬剃さんは参考になったかな」

「…………」

天愛星さんが俺を無言でジッと見てくる。メッチャ見てくる。

「そ、それで綾野はどんな感じで勉強してるんだ」

なんか怖いので、話を逸らす。

「俺も変わったことはしてないよ。塾もあるし、学校の方は予習に力を入れて授業を復習にあてるイメージだな。例えば今日の英語だけど」

綾野はノートを取り出す。

「黒板をとるのにリソースを割きすぎないように予習用のノートを作って、そこに先生の解説を書き込んでるんだ」

「黒板は全くとらないのか？」

「ポイントだけだな。必要なら、友達に借りればいいし」

そうか、そんなこと気軽に頼める友達がいるんだな。うん、そうか。

しみじみとコーラをすすっていると、熱心にメモを取っていた天愛星さんが顔を上げる。

「参考になります。綾野さんは、塾ではどんな勉強をなさっているのですか？」

「そうだね、塾では――」

言いかけた綾野の口を、朝雲さんが小さな手で塞（ふさ）ぐ。

「光希（みつき）さんは英語と国語を中心に、基礎固めと応用のバランスをとったカリキュラムを組んでいます。良ければ先月の時間割を教えますよ」

なぜ朝雲さんが説明をしてるんだ。

綾野が苦笑いしながら、口を塞ぐ手を握る。

「なんで千早（ちはや）が答えるんだよ」

「だって、光希さんに関することは私が一番詳しいですから」

「俺よりも？」

「もちろんです。光希さん、サイトのパスワードとか適当に設定して忘れちゃうじゃないですか。いつも私が教えてあげてますよね」

「そうだな。だけどなんで千早が、俺のパスワードを知ってるんだ？」

無言で微笑む朝雲さん。つられて笑顔になる綾野。

……朝雲さん、またなにか悪さしてないだろうな。そして、そろそろ握った手を離せ。

イチャつく二人を前に、またも俺をジッと見つめてくる天愛星さん。

怖いからあんまり見ないでください。気持ちは分かるけど。

綾野たちと別れた俺は、精文館書店横のアーケード、ときわ通りの入り口にいた。

この先の店でコーヒー豆を買ってくるよう、佳樹に頼まれているのだ。

綾野たちとの会話は時間としては20分足らず。とはいえ、優等生の勉強法はなかなかに興味深かった。半分くらいはイチャつく二人を眺めていた気がするが。

そして天愛星さんは俺の横で、手帳を睨みつけながらブツブツと呟いている。

「あの二人、勉強時間は私とあまり変わりませんでした。やはり私も塾に通うべきかもしれませんね……」

「ああ、いいかもね。ツワブキの周りにも塾はあるし」

適当に答えて歩き出すと、天愛星さんも同じタイミングで歩き出す。

……？　この人、ついてくる気かな。

どうやって暇を告げるか考えていた矢先、ぐぅー……と、お腹が鳴った。

もちろん俺ではない。天愛星さんは俺の隣で、顔を真っ赤にしてうつむいている。

「えっと、大丈夫？」

「いえ……朝からなにも食べていなかったので。失礼しました」

「お腹が空いてたなら、さっき何か食べれば良かったのに」

「校則の第3章『校外での活動』第4条第3項を見てください。下校時、むやみに喫茶店や遊興施設に立ち寄るべからず――と明記されています」

はあ、そうなんだ。

反応の悪い俺を見て、天愛星さんがヤレヤレと溜息をつく。

「今日はファストフードで待ち合わせと聞きましたので、昼食を抜いて水分の摂取も控えたんです。本来、寄り道は禁じられていますが――」

天愛星さんは生徒手帳を取り出すと、開いて俺に突き付ける。

「令和元年に追加された校則の附則3に『適切な水分補給等を妨げるものではない』と書かれています。私は喉の渇きで半死半生の状態でした。つまり緊急時の水分補給にあたるので、さっきお茶を飲んだのは寄り道にあたらないのです」

「へえ……」

この人がなにを言っているのかよく分からんが、そんな校則あったんだ。そしてそれを守っているということは。

「馬剃さん、友達とかいる？　大丈夫？」

「いますから！　いきなりなんの心配ですかっ?!」

「だって友達と寄り道とかしないんでしょ。普通に浮かない？」

「浮きません！　ちゃんと一度帰って、着替えてから合流してますから！」

浮いてるんじゃないのかな、それ。

と、天愛星さんは腰に手をあてて俺を睨みつけてくる。

「それで温水さん、どこまでついてくるんですか。私もう帰るのですが」

え？　どこにもついて行かないぞ。

「この先にワルツってコーヒーショップがあるから、豆を買いに行くんだけど」

「………」

天愛星さんが再びうつむいて黙りこむ。

うん、こういう勘違いって恥ずかしいよね。

「えっと、良ければ馬剃さんも一緒に行く？　中で何か食べれると思うよ」

仮にも一度は妄想妹だった相手だ。気をつかって言ったが、彼女は首を横に振る。

「だっ、大丈夫です！　今日はありがとうございました！」

天愛星さんは頭を下げると、小走りでその場を離れようとして――アーケードの柱に正面からぶつかった。

「馬剃さん、大丈夫!?」

天愛星さんは両手で顔を押さえてうずくまる。

しばらくそのまましゃがんでいた天愛星さんは、小さくうめきながら立ち上がる。

「す、すみません。ちょっと慌てていたもので……もう大丈夫です」

そう言うが、このまま帰すのは不安だな。家まで送るのも嫌がりそうだし。

「馬剃さん、ちょっといいかな」

俺はときわ通りの入り口近く、一軒のクレープ屋に天愛星さんを連れていく。

「ちょうど空いてるし、何か食べていかない？」

「ですが、寄り道は校則的に――」

「朝からなにも食べてないんだよね。校則には水分補給『等』って書いてあるし、緊急時の栄養補給は問題ないんじゃないかな」

「……一理ありますね」

納得してくれた。この人チョロい。

俺はフレッシュストロベリーを、天愛星さんは散々迷ってカスタードチョコバナナを頼んだ。

受け取ったクレープを齧ると、クリームの甘みが舌に広がる。苺の爽やかな酸味が良いアクセントだ。

やはりクレープはこの店に限るな。生地のパリッとした食感も絶妙だ。

「？　馬剃さん、食べないの？」

天愛星さんは両手でクレープを持ったまま、なぜか俺をジトリと見上げている。

「……手慣れてる」

「はい？」

「まさかこうやって、いつも女子を誘っているんじゃないでしょうね」

「誘うどころか俺は女子と話すの苦手なんだけど」

「それはそれで微妙に納得いきませんが」

クレープを一口食べた天愛星さんは、途端に表情を緩ませる。

「ほら、ここのクレープって美味しいでしょ」

「私にとっては単なる栄養補給です——けど、美味しいですね。クレープなんて初めて食べました」

そう言って、もう一口かじる天愛星さん。

「そうなんだ、女子はいつもクレープ食べてるかと思ってた」

「なんですかその女性観は」

だってアニメやラノベだとそうだし。夢は壊さないでいただきたい。

道を挟んでクレープ屋を眺めていると、すでに行列ができている。意外と大人や男性客も多いのだ。

俺も佳樹に連れられてよく食べるが、こうやって家族以外と食べるのは始めてだ。なんか緊張してきたな……。

チラリと視線を送ると、天愛星さんと目が合う。

「今日はありがとうございました。二人から貴重な話を聞けました」

「どういたしまして。役に立ったか分からないけど」

「ですね、役には立たなかったかもしれません。レベルが違い過ぎて」

馬剃さんは食べかけのクレープを見つめながら、静かに話し出す。

「……私、中学生の頃は優等生でしたから。ツワブキに入ったら、同じくらいの人たちと切磋琢磨するんだと思っていました」

どことなく自嘲気味に、言葉を続ける。

「勘違いしてたんです。同じ入試を乗り越えたからって、横並びでスタートするんじゃないですもんね。入った時点で力の差はあって、今まで通りに頑張るだけじゃ、どんどん離されて」

どこか遠くを見る目をしていた天愛星さんが、ハッと身を震わせる。

「変な話をしてしまいました。ごめんなさい、いつもはこんな話はしないので」

「あ、いや。俺も気持ちは分かるよ」

ツワブキ高校は三河地方でも有数の進学校だ。

中学時代は優等生でも、集まればその中で順位が付く。

テストの成績が全てじゃないのは承知の上で。だけど卒業後の未来に向けて、他に自分を測る物差しを見付けるのは、簡単なことではない。

クレープを食べるのも忘れて物思いに耽っていると、自分を見つめる天愛星さんの瞳に気付いた。

「……なに？」

「そういえば先日のテスト、あなたは何番だったんですか」

「え、なんでそんなこと」

「私の順位だけ知られてるんじゃ不公平です。安心してください、私より悪いことはないでしょう？」

冗談めかして笑う天愛星さん。この人の笑顔、初めて見るな。

「確か――47位だったかな」

「……あ、割といいんですね」

早くも天愛星さんから笑顔が消えた。

「えっと、一学期よりも成績落ちてるし。綾野たちに比べたら」

「あの二人並みのツワブキ生なんて、ほとんどいないじゃないですか」

天愛星さんはクレープの最後の一口を食べると、ハンカチで口元を拭く。

「それでは私、行きますね。今日はありがとうございました」

「え、ああ。こちらこそ」

ゴミ箱にクレープの包み紙を捨てると、天愛星さんは俺に背を向ける。

特に距離が縮まった気はしないが、ともかくこれで一つ借りは返した。

同人誌のことは改めて作戦を練り直すとして、俺もクレープの残りを食べるとするか――。

と、天愛星さんが急ぎ足で戻ってくる。

「なにか忘れ物？」

「あの、あなたのさっきの成績、嘘ではないですよね？」

「ああ、ちゃんと掲示板に貼り出されてるから」

「疑っているわけじゃありません。あなたくらいの方が、私にはちょうどいいのかなって」

良く分からんが、ディスられている気がする。

天愛星さんは、笑顔と威嚇（いかく）の間くらいの表情を俺に向けてきた。

「つまり、また相談に乗ってくださいということです。今度はあなた本人が」

「俺が？　どうして？」

「私の恥ずかしい秘密、そんなに安くはありませんよ」

きっぱりと言い放つと、今度こそ立ち去る天愛星さん。

遠ざかる後ろ姿を見ながら、俺は大きく溜息をつく。

正直面倒だが、繋がりを切るわけにはいかないよな……。

今後の展開に想いを馳せながら、ぼんやりと辺りを眺める。

クレープ屋の隣には、精文館書店の西側出入り口がある。そのガラス扉の向こうには小柄なツワブキ生が門番のように立っていて――って、あれは小鞠だな。

モコモコにコートを着込んだ小鞠がガラス越し、俺にジト目を向けている。

……なにやってんだあいつ。

「どうした、ガラスにぶつかってフリーズでもしたか」

俺が扉を開けると、警戒心もあらわに外に出てくる小鞠。

「か、買い物に来てたんだ。ぬ、温水、遊んでないで早く原稿書け」

「アイデアはあるから、後は書くだけだって」

「ぬ、温水最近、八奈見みたいなこと言うな……」

よく分かったな。こないだ八奈見も同じこと言っていた。

「小鞠も原稿まだだろ。年内にアップする予定だけど、間に合うのか」

「も、もう書いた。後で、送る」

……そういやこいつ、やけに書くの早かったよな。

「そうか。じゃあ俺、帰って原稿書くから」

形勢不利を感じて立ち去ろうとすると、小鞠が俺の上着をつかんでくる。

「せ、生徒会の副会長、一緒にいただろ。付き合ってる、のか？」

「んなわけあるか。同人誌の件で色々あるんだって。小鞠も少しは協力してくれ」

「つ、付き合ってもないのに、一緒にクレープ食べないだろ」

食べるだろ。クレープに夢を持ち過ぎだ。

「クレープくらい普通だぞ。小鞠も食べればいいじゃん」

「……い、いいのか？」

「？　別にいいんじゃないのか」

クレープ食うのになぜ俺の許可がいるのか。

不思議に思っていると、小鞠がいきなり近づいてきて——俺のクレープに齧りついた。

「ちょ、ちょっとパリパリ、してる」

目を丸くしてモチャモチャとクレープを頬張る小鞠。

「……あ、俺のを食う感じだったのか」

思わず口に出すと、

「っ?!」

小鞠が顔を赤くして飛びすさった。

「うぇ!? あ……ま、間違……っ！」

まずい、小鞠の情緒がおかしな感じになってる。

俺は小鞠を刺激しないように笑みを浮かべ、ゆっくりとクレープを差し出す。

「大丈夫、別に構わないって。ほら、クレープ美味しい。苺、甘い」

「い、苺……赤い……？」

「うん、そうだな。苺は赤いよな。ほら、もう一口食べるか？」

小鞠はフルフルと首を横に振る。

「あの、わっ、私、帰るから！」

去ろうとした小鞠のポケットから、掌ほどの小さな紙の包みがポロリと落ちる。

「小鞠、なんか落としたぞ」

何気なく拾い上げると、それは緑色の包装紙に赤いリボンのシール。

「そ、それ！ わ、私の！」

慌てて小鞠が俺の手からひったくる。

「怒らなくても盗ったりしないって」

「え、えと……ぬ、温水、クリスマスが誕生日って聞いたけどホント、か」

どうした藪から棒に。

「ああ、そうだけど。それがどうかしたか」

!!
はくッ

「えと、その、あの……」

ついには黙り込むと、小さな紙包みを胸に抱いて固まる小鞠(こまり)。

いや本当にどうしたんだ……？

「大丈夫か？　お腹空いてるんなら、クレープあるけど」

小鞠はキッと俺を睨(にら)みつけると、

「ちょ、調子に乗るな、よ！」

と言い捨てて走り去った。

ええ……なぜ俺は罵倒(ばとう)されたのか。

呆気(あっけ)にとられつつクレープに目を落とすと、端っこに付いた小さな歯型。

俺は散々迷った挙句(あげく)――目をつぶって、一気にクレープを口に押し込んだ。

◇

文芸部活動報告　～冬報　小鞠知花(ちか)『婚約破棄は高らかに！　第6話』

公爵領に冬がきた。

今年初めて降った雪は、すでに足首ほどの深さに積もっている。

重い冷気が屋敷の廊下にも忍び寄り、書類を抱えた私の足も急ぎがちになる。

私は元公爵令嬢、シルヴィア・ルクゼード。

最近、居候から公爵領の財政担当官になったばかりだ。

私は執務室の重い扉を押し開けると、奥の机に座る男性に声をかける。

「フィリップ、少しいいかしら」

「どうした、シルヴィア。頼んだ資料なら昨日受け取ったぞ」

机に向かっていた眉目秀麗な若い男――フィリップは顔を上げると、わずかに相好を崩した。

彼を知らない人からは冷笑にも見える表情は、彼の冷たいほど整った容姿のせいだ。

私はこぼれそうになる笑みをこらえながら、彼の机に分厚い書類を置く。

「地代の免除で、予想以上に税収が減っているって報告はしたでしょ。その対応案をまとめてきました。まず街道の整備は外せないから――」

フィリップは困惑顔で片手を上げ、私の言葉を制する。

「その件は例の話を受けることで話がついただろう。契約の内容にも双方合意している」

「だからといって、鉱石や塩の専売権を商人に渡すのは感心しません。もう一度考え直して」

「心配なのは分かるが、あくまでも3年限りの契約だ。最悪の事態も想定してある」

私は差し出された書類を受け取る。契約書の草案だ。

「知っての通り、この地方は昔から閉鎖的だ。彼女の力を借りて、交易ルートを開拓するのはシルヴィアも賛成してくれただろう」

「それはそうだけど……」

確かに契約の条件は決して悪くない。商人側には交易ルートの開拓、こちらには急場をしのぐ食料の供給と臨時収入のメリットがある。

領民の生活に影響が出ないような縛りもあり、問題は見当たらない。

そう――あまりに都合がよすぎるのだ。

不安そうな私に向かって、フィリップは笑顔を見せる。

「安心してくれ。エリサは商売人だが、人を騙すようなやつじゃない。あいつとは古い付き合いだからな」

……だからそれが気がかりなのよ。

私は心の中で呟いた。

契約相手は南の交易都市国家ナザルトの女商人、エリサ・ボルタ伯爵令嬢。

伯爵家の末娘で、フィリップの元学友だ。

私も一度だけ会ったことがあるが、赤毛の明るい美女で、フィリップと男同士のように仲良く話す姿が印象的だ。

「それよりスヴェア地方より届いた報告を見てくれないか。港の使用料が大きく下がっている。航路にリヴァイアサンが現れたなんて噂もあるが――」

それに引き換え、最近の私はフィリップとは仕事の話ばかりだ。役に立てるのは嬉しいが、公的には私は彼の友人で、ただの部下だ。

エリサは家柄も良く、ボルタ伯爵家の財力は、公爵で第一王子のフィリップにも引けを取らないと聞く。エリサならフィリップの婚約者としても相応しい——。

……いや、今はこんなことを考えるのは止めよう。

仕事が一区切りついたタイミングを見計らい、話を切り出す。

「フィリップ、お願いがあるのだけど」

「どうした、言ってみろ」

「週末にパーティーを開きたいの。それで応接室を使わせてもらえないかしら」

フィリップは困惑気味に眉をしかめる。

「部屋は構わないが、今からでは料理や楽師の手配が間に合わないだろう。招待状すら作っていないぞ」

王国屈指の公爵領を預かる身とはいえ、フィリップは贅沢は好まない。特に今年は天候不順による食糧不足を、どうにか乗り切ったばかりなのだ。

私は彼を安心させようと微笑んでみせる。

「パーティーといってもお茶とお菓子を食べて、お話をするだけです。それには及びません」

「それだけではない。１２の月がもうすぐ終わる。慌ただしい時期に余計な仕事を増やすのは感心しないな」

フィリップの屋敷では年末年始、使用人に暇を取らせる。はっきりとは言わないが、使用人を気遣ってのお小言だ。

「それもご安心ください、皆には私から残業手当を払います。むしろ希望者が殺到して、財布が悲鳴をあげていますわ」

「……ザンギョウ手当？　お前はたまに不思議な言葉を使う」

根負けしたのか、フィリップの口元に笑みが浮かぶ。

「分かった、俺の負けだ。身内の茶会なら問題はないだろう。楽しむといい」

「あら、もちろんあなたも参加するんですよ？」

「俺が茶会なんて柄でもないだろう」

「私の国――いえ、読んだ文献によれば、今月の２５日は家族や大切な人と過ごす日なんです。フィリップにも是非、出席して欲しいの」

「しかし……」

私は明るく笑った――つもりだった。だけど形にならない不安が、私の笑顔を曇らせる。

それを知ってか、フィリップは出会ったころのような優しい笑みを浮かべた。

「分かった。時間を作ろう」

私はすっかり雪に覆われた庭園で、シャベルですくった雪を投げ捨てた。

「ふう……こんなものかしら」

額に浮かんだ汗を拭（ぬぐ）うと、シャベルを地面に突き立てる。通路の雪かきを何とか終えたのだ。

心のモヤモヤを晴らすには、身体（からだ）を動かすのが一番だ。

……実家から追放されて、この地に身を寄せてから数か月。

フィリップとは友達以上、恋人未満の関係が続いている。

いつか正式に婚約者として迎えるという約束も、ただの口約束に過ぎない。

「……婚約破棄も二度目は勘弁してほしいわ」

心地良い疲れを感じながら腰を伸ばすと、背後に迫る人影に気付いた。

「シルヴィア、これ全部一人でやったの？」

「エリサさん！」

ベルベッドを思わせる甘い声。光で色を変える赤毛は丹念に編みこまれ、金飾りで彩られている。そしてそのすべてを圧倒する――華やかな美貌。

エリサ伯爵令嬢は、人懐っこい笑みを浮かべる。

「あいかわらずお転婆（てんば）ね。元気してた？」

「はい、エリサさんこそお元気そうで。どうしてこんなところに」

「フィリップに会いに来たの。また儲けさせてくれるって聞いてね」

エリサは器用にウインクすると、私の腰に手を回して屋敷に向かって歩き出す。

「フィリップのところに案内してちょうだい。あいつは最近、どうしてる？」

「そういえば先日おかしなことがありました。フィリップの隠し子がグランブルグにいるって噂が流れて」

「……それで、どうなったの？」

慌てて弁明するフィリップの表情を思い出し、つい笑いがもれる。

「デマですよ。その子が生まれたころにはフィリップは魔法学園に通っていて、グランブルグにはいませんでしたから」

笑いながら顔を向けると、なぜかエリサの顔から笑顔が消えている。

「あの、エリサさん？」

「……そうね、確かにフィリップはそこにはいなかったわ」

自分自身に説明するように呟くと、エリサは腕組みをしてその場に立ち止まる。

「何か気になることでもありましたか？」

「……いいえ、気にしないで。それはそうと、欲しがってたベルグマツの若木を持って来たわ。屋敷に運ばせたけど良かったかしら」

「あら、手に入ったんですか！　明日のお茶会で使おうかと思って」

ベルグマツ。図鑑で見た円錐形の針葉樹は、モミの木に見た目がそっくりなのだ。

前回彼女と会った時に手に入らないか聞いたが、覚えていてくれたらしい。

「お茶会で木を使うの？」

「はい、木を飾ってお菓子を食べて。お世話になった人にプレゼントをあげたりして」

「あら、まるでクリスマスね」

エリサはなにげなく呟くと、再び歩き出す。

相づちを打ちかけた私は、追いかけようとして足を止める。

あれ？　いまエリサ……クリスマスって言ったの？

「シルヴィア、どうしたの？」

「いえ、なんでもありません」

……きっと聞き間違いだ。私はエリサの後を追う。

クリスマスも隠し子の件も、きっと私の――勘違い。

さあ、クリスマスパーティーはもうすぐだ。準備で忙しくなるわ――。

◇

翌日の放課後。俺は八奈見と並んで部室に向かっていた。

志喜屋さんに作戦会議の名目で呼び出されたのだ。

八奈見は昨日のあらましを聞くと、不機嫌そうに赤い立方体を口に放りこむ。

「ちょっと目を離したらこれだもんね。温水君、馬剃さんに気があるんじゃありませんかー？」

「いや、違うって。そもそも八奈見さんだって、けしかけたじゃん」

「だからってクレープは別腹だよ。私だって食べたかったし」

どうして俺は責められているのだ。

そしてなぜ小鞠は、買い食い情報を八奈見と共有したのか。

疑問はつのるばかりだが、同じくらい気になるのは八奈見さんが食ってる物体だ。

「それより八奈見さん、さっきからなに食べてるの？　消しゴム？」

「さすがの私も消しゴムは食べないって。美味しくないし」

八奈見、消しゴムの味に詳しい。

「寒天ゼリーだよ。おばあちゃんちで食べて最近はまっててさ。熱いお茶によく合うの」

八奈見が取り出した袋には、ミックスゼリーの文字。

四角いゼリーの表面に砂糖をまぶした、三河地方発祥のお菓子である。確かに妙に癖になる。

「でも八奈見さん、年末年始に向けてダイエット始めるって言ってなかったっけ」

「だよ？　だからこれ食べてるの」

……また変なこと言い出した。

俺の表情を見て、八奈見がチッチッチと指を振る。

「温水君、こないだ生物の授業で習ったでしょ。血糖値が上がると内臓からなんか出て、いい感じになるって」

習ったけど、そんなフワッとした内容だっけ。

八奈見はドヤ顔で髪をかき上げる。

「それで私、気付いちゃったの。お菓子を食べながら歩くことにより、吸収した糖質を効率的に消費しつつ基礎代謝が上がる――つまり、痩せやすい体質になるんだよ」

「なるの？　ホントに授業聞いてた？」

「もちろんだよ。教科書を信用しなさい、温水君」

なるのなら仕方ない。後は来週あたりの体重計に審判を任せよう。

部室に着いて扉を開けると、そこには志喜屋さんと――その膝の上で固まる小鞠がいた。

なにがあった。

小鞠が青い顔でパクパクと口を動かしている。

「お待たせしました。先輩、早かったですね」

「うん……小鞠ちゃんと遊んでた……」

「そうか小鞠、遊んでもらってよかったな」

「――し、死ね」

よかった、元気そうだ。俺は向かいの椅子に座ると、さっそく本題に入ることにする。

「実は昨日、馬剃さんに会ったんですが」

志喜屋さんはコクリと頷く。

「天愛星ちゃんに聞いた……放課後デート……」

「あ、聞いてたんですね。そしてデート違います」

知らないところで自分の話をされるのは、なんとなくこそばゆい。

「ねえ、温水君。どうやってそんなに馬剃さんと仲良くなったのさ」

寒天ゼリーを二つまとめて口に入れながら、八奈見が俺を肘でつついてくる。

えっと……どこまで言っていいのかな。俺は言葉を選びながら話し出す。

「あの人、塾に入ろうか迷ってるって言うからさ。綾野と朝雲さんを紹介したんだ」

「ふうん、それで二人でクレープ食べたんだ」

ジト目で俺を見る八奈見。こいつ、やけにこだわるな。

「俺のことより、同人誌を取り返すことを考えよう。俺としてはむやみに対立するより、反省の姿を見せることが大切だと――」

「少年……天愛星ちゃんと仲良くなれた……？」

俺の言葉を無視して、志喜屋さんがたずねてくる。

「嫌われてまではないかもしれませんが。そこまで仲良くは」

「もうひと押し……天愛星ちゃん、ここからがチョロい……」

天愛星さんに感じる確かなチョロさは否定しないが。

「えっと、一旦確認なんですけど」

俺は仕切り直しとばかりに咳払い。

「馬剃さんが月之木先輩に敵意を抱いているのは分かります。それで文芸部が目を付けられるのも納得はしませんが、理解はできます」

志喜屋さんは、まばたきを忘れたように俺をジッと見つめてくる。

気押されながらも、俺は言葉を続ける。

「正直最初は、多少無理してでも本を取り戻そうと思っていました。だけど彼女と話をしていたら、なんかそれも違うかなって」

「それは……罪悪感……？」

「そうかもしれません。あの人ってなんか普通に騙せそうというか――えっと、例えばチワワって犬がいるじゃないですか」

「え？　温水君、急になんの話？」

八奈見が口を挟んでくる。やれやれ、こいつには少し難しかったか。

「だから馬剃さんの話だって。チワワの天愛星ちゃんを騙して、お気に入りのオモチャを取り上げる場面を想像してみてくれ。罪悪感が半端ないだろ？」

「うわ、それはダメだよ温水君。万死に値するね」

「だ、だな。し、死んだ方がいい」

どれだけ俺に死んで欲しいんだ。

俺は気を取り直して志喜屋さんに向き直る。

「そもそも今回の件は月之木先輩が原因ですよね。だから、馬剃さんを騙したり駆け引きして取り返すのは少し違うかなって」

「君が……それでいいなら……」

志喜屋さんは不意に小鞠を後ろから抱きしめる。小さく悲鳴をもらす小鞠。

「もちろん月之木先輩を責める気もありません。あの人が創作活動として書いているのは分かりますから、是非はモデルとなった当事者が決めることだと思いますし」

俺は断片的な考えを繋ぎ合わせながら、志喜屋さんの白い瞳を見つめる。

「会長はこの件はまだ知らないんですよね。もし知ったとしたら、どうすると思います？」

「あの子なら……笑って済ませる……」

小鞠の髪をいじりながら、志喜屋さん。

そう、会長と月之木先輩は決して仲が悪くない。度を越しがちなＢＬ趣味も知っているはずで、今回の件に関してはある意味本当の被害者は誰もいない。

「だから君が……仲良くなって橋渡し……する」

「それはそうですけど、なんかあの人を騙しているみたいな気がして」

もう一つ気になることがある。俺が見る限り、天愛星さんは会長の信奉者だ。

そんな彼女が会長のナマモノ本、しかも男体化BLなどというややこしい物を本気で職員会議で問題にしようというのだろうか。

今度は小鞠の耳たぶを触り始める志喜屋さん。

震える小鞠を眺めつつ考えをまとめていると、コンコンと扉を叩く音がする。

はて、わざわざノックをするなんて誰だろう。

「どうぞ、開いてますよ」

その言葉を待っていたように、ゆっくりと扉が開いた。

「ごめん、夢子さん来てるかな」

部室に入ってきたのは――生徒会会計、桜井弘人。

彼は志喜屋さんの姿に気付くと、ホッとした顔をする。

「桜井少年……どうかしたの……？」

「スマホ見てないでしょ。放送部から打ち合わせしたいって連絡があったんだよ」

「放送部……？」

キョトンと首を傾げる志喜屋さん。溜息をつく桜井君。

「ひば姉と夢子さんは、終業式で進行の担当でしょ。ひば姉が先に体育館に行ってるから、合流してくれないかな」

「でも私……」

困ったように固まる志喜屋さんに、俺は安心させるように微笑みかける。

「どうぞ遠慮せずに行ってください。生徒会の仕事は大切ですから」

「うん……ごめんね……」

立ち上がろうとした志喜屋さんは、小鞠の耳元で囁く。

「一緒……行く……？」

「うぇっ?! い、行かない！」

「分かった……私……行くね……」

膝の小鞠を下ろすと、志喜屋さんはフラリと部屋を出て行った。

……あれ、桜井君は一緒に行かないのか？ なんか立ったまま動こうとしない。

「あの、君は行かなくて大丈夫？」

「文芸部のみんなと話がしたくて。少し時間をもらっていいかな」

意外な申し出。八奈見は立ち上がると椅子を引く。

「構わないよ、どうぞ座って」

さて、生徒会の人が一体なんの用だろう。

様子をうかがっていると、八奈見がポテチの袋を取り出した。のり塩味だ。

「桜井君お菓子食べる？」

「ありがと。でも僕、あんまり間食しないから」

「へえ、そうなんだ」

頷きながらポテチをパーティー開けする八奈見。なぜ開けた。

「……八奈見さん、ダイエットは大丈夫？」

「ほら、この部屋には四人いるでしょ。つまりカロリーも四等分されるわけだから、ある意味これもダイエットだよ」

この理論は本当に正しいのか。俺は間違ってると思う。

「それで話ってなんですか」

俺がたずねると、桜井君は気まずそうな笑いを浮かべる。

「夢子さん、最近ここに出入りしてるでしょ。ひば姉――会長が心配してたね」

ポテチをモリモリ食べながら、好奇心に目を輝かせる八奈見。

「桜井君、会長のこと『ひば姉』って呼んでるよね。どういう関係なの？」

「会長とは従姉弟同士で、昔からそう呼んでるんだよ」

桜井君は口元に笑みを浮かべたまま、少しだけ目を細める。

「それで夢子さんのことだけど、君たちになにか迷惑をかけてない？」

「えーと、まあ……迷惑ってほどではないというか、こちらから頼んだ手前、そうも邪険にするわけには――」

しどろもどろの俺を見て、桜井君は深く溜息をつく。

「……心配した通りだね。あの人、ちょっと自由なところがあるから」

「志喜屋先輩って、そんなに色々しでかしてるんですか？」

桜井君は首を横に振る。

「誤解がないように言っておくけど、生徒会の仕事に関しては凄く優秀なんだよ。ひば姉や馬剃ちゃんもそうだけど、それ以外のフォローが大変で――うん、みんな悪気はないんだ」

力なく笑う桜井君。なんか大変そうだな……。

「あの、志喜屋さんのことなら心配しないで。それより馬剃さんの様子はどうかな」

「……馬剃ちゃんにも何かされたの？」

八奈見が青のりが付いた指を舐めながら口を挟んでくる。

「あ、いや、そうじゃないけど――」

「されたっていうか、こないだの持ち物検査のことだよ。文芸部のＯＧが、馬剃さんに自作の同人誌を取り上げられて困ってるの」

ちなみにポテチは八奈見が全部食った。四等分はどうした。

八奈見の言葉に、桜井君は不思議そうに首を傾げる。

「没収した物はリストにして先生に提出したけど、その中に同人誌はなかったよ」

リストになかった？　それはつまり。

「会長か志喜屋さんが止めたってこと？」

「例年、持ち物検査は生徒会1年生の仕事だからね。先輩たちは関わってないんだ」

それであの場に会長や志喜屋さんの姿はなかったのか。

桜井君は穏やかな口調で説明を続ける。

「持ち物検査は先輩の力を借りずに外部の人と協力する練習なんだ。行事となれば上級生にも指示を出さないといけないし」

桜井君は肺の中が空になるほど、長い長い溜息をつく。

「それで馬剣ちゃん、ちょっと張り切りすぎて。色々大変だったんだ」

「はあ……」

いまの話によれば、同人誌の件は天愛星さん一人で動いているようだ。

会長たちに揉み消されないようにするためか、最初から表沙汰にする気がないのか――。

「なにか迷惑をかけたのなら、僕から話しておくけど」

俺は頭をかきながら立ち上がる。

「いや、俺が馬剣さんと話をしてくるよ。彼女、生徒会室にいるのかな」

「うん、資料の整理をお願いしてるから部屋に一人だと思う」

天愛星(ていあら)さんが生徒会室に一人きり。

あまり気は進まないが、話をするのは今しかない。

……ホント、気は進まないが。

ツワブキ高校生徒会室前。俺は深呼吸をしながらネクタイを締め直した。

……まずはコソコソと嗅(か)ぎまわっていたことを謝ろう。そして、同人誌を返してくれるようにお願いする。

やはり最初から正攻法でいくべきだった。昨日話をした感じでは、そこまで話の分からない人ではないはずだ――多分。

俺は生徒会室の扉をノックする。

少し待って扉を開けると、調べものをしていたらしい天愛星さんがチラリと顔を上げる。

「あら、昨日はどうも。今日はどうしたんですか?」

「ちょっと話があって。少し時間もらっていいかな」

「ええ、構いませんが」

生徒会室には天愛星さん一人だけ。話をするのは今しかない。

俺に構わず仕事を続ける天愛星さんに向かって足を踏み出す。

「実はお詫びとお願いがあって――」

「先日、月之木さんから没収した本のことですね」

「え」

事も無げに言うと、天愛星さんは資料のページをめくる。

「ここしばらく、志喜屋先輩が文芸部を構っているのは知っています。先日、私と廊下で会ったのも、二人で話をするタイミングを計っていたのでしょう？」

「え、いや、まあ……」

当たらずとも遠からず。廊下で会ったのは偶然だし、成績票を拾ったのは偶然ではないが。

俺が口ごもっていると、天愛星さんは眉間を押さえながら溜息をつく。

「落とした成績票を、あなたに拾われたのは失敗でしたね。おかげで弱みを握られてしまいました」

「えっ？」

この人、俺が成績票を偶然拾ったというのを信じてる……？

天愛星さんが不思議そうに俺を見上げた。

「なにを驚いているんですか？　成績のことはあなたが思っているより、私にとっては重要なんです。くれぐれも口外しないでください」

「あ、ああ。それはもちろん。それで同人誌のことだけど」

ノートにメモをとっていた天愛星さんの手が止まる。

「……会長をモデルにした、いかがわしい本」

ガタリ。椅子を蹴るようにして立ち上がる。

「そのような物を作り、学校に持ちこんだのです。先輩とはいえ、しかるべき処分を受けるべきだと思いますが？」

正論だ。ていうか俺も同意見だな……。

俺は気を取り直して大きく頷く。

「馬剃さんの言う通りだと思うよ。だけどあの人も反省しているんだ。それに会長自身はどうだろ。このことを知ったとして、怒ったりすると思う？」

天愛星さんは出鼻をくじかれたように表情を緩める。

「会長はお優しい方です。……そうですね、きっと許してしまうでしょう」

よし、いい雰囲気だ。

「だよね。会長は月之木先輩と仲が良かったんでしょ？　ここは穏便に反省文とかで――」

……焦りすぎた。

俺が『仲が良かった』と口にした瞬間、天愛星さんの表情が変わった。

「――月之木古都、前年度の生徒会副会長です」

月之木先輩、副会長だったのか。

奇(く)しくも同じ副会長の天愛星さんは、机を回って俺の前に立つ。

「2年生の二学期、あの人は志喜屋(しきや)先輩と仲違いをして生徒会を出て行きました」

「仲違いって、なにがあったの？」

「詳しい話は知りませんし、知りたいとも思いません。ですが、あの人は生徒会の仕事を放棄して逃げだしました。それだけでも軽蔑(けいべつ)に値します」

「だけど会長は怒っているようには見えないけど。志喜屋先輩なんか、むしろ気にしてる感じで――」

天愛星さんは無言で、グイと顔を寄せてくる。

圧に負けた俺が黙りこむと、天愛星さんは何かを言おうとして、急に力が抜けたように肩を落とす。

「……あなたの言う通り、先輩たちは月之木古都の味方です。あの人が何度問題を起こしても、二人がフォローしてきました。むしろ責め立てる私の方が、分からず屋のような扱いを受ける始末です」

天愛星さんは俺に背を向けると、ゆっくりと歩き出す。

「私を生徒会に誘ってくれたのは志喜屋先輩でした。本当はあの人が副会長になるところを、私を特に推してくれたんです」

そうなんだ。この人、会長の追っかけかなんかだと思ってた。

「会長のお世話は桜井君がしてくれるので、私が志喜屋先輩と一緒のことが多かったです。先輩は私をすごく可愛がってくれて、最初は上手くいっていたのですが」

……なにかこの人、語りだしたぞ。

厄介事の気配を感じた俺は、わざとらしく腕時計を見る。

「あれ、もうこんな時間か。俺はそろそろ――」

俺が逃げようとすると、天愛星さんが振り向くなり一気に詰め寄ってきた。

「私が事情を知らなかったころ、志喜屋先輩は私になにをしたと思いますか?!」

「え、いや、なんだろ」

「こっちの方が似合うからと、髪を後ろで二つ結びにされて！　伊達眼鏡までプレゼントされたんですよ?!」

二つ結びに眼鏡……だと?　その格好ってひょっとして。

「それって月之木先輩と同じ――」

「やっぱりそうですよね?!　私にあの人と同じ格好をさせてどうしようというんですか?!」

俺に聞かれても困る。本気で困る。

「それに志喜屋先輩って、やたら触ってきますよね。信じられますか?　あの人、服の上からブラのホック外せるんですよ?!」

「えっと、プレイの詳細を聞かされても……」

「だれがプレイの話をしましたか！」

　完全にその話だと思うんですが。

　顔を真っ赤にして震えていた天愛星さんは、照れ隠しにゴホンと咳払い。

「とっ、とにかく！　志喜屋先輩にも会長にも、あの問題児のことを正しく認識してもらいたいんです！」

　会長たちは、わりと正しく認識してると思うけどな……。

「馬剃さんの気持ちは良く分かった。つまり、月之木先輩が書いた本を出すところに出して、きっちりケジメをつけたいってことかな」

「まあ……そんなところです」

　なるほど、そこまでは理解した。だけどまだ気になることがある。

「でもあの本は会長を主人公にしてるんだよね。表沙汰にしても大丈夫なの？」

「もちろん、公序良俗に反する箇所は黒塗りにするつもりです」

　検閲じゃん。

　天愛星さんは壁際に歩み寄ると、背伸びをしてロッカーの上から薄い本を取り上げた。

「ひょっとしてその本は」

　眉をしかめながらコクリと頷く天愛星さん。例のＢＬ同人誌、あんなところにあったのか。

天愛星（ていあら）さんは汚いものでも触るように、本を指先でつまむ。

「そもそもですね。このように女性を性的搾取（さくしゅ）する本を書くなんて、同じ女性として理解できません。高校生は高校生らしく――」

……ん？　この人いま、変なこと言ったな。

俺の中にあった違和感が、ゆっくりと形になっていく。

「天愛星さん。ちょっといいかな」

「下の名前で呼ばないでください！　それでなんですか、本なら返しませんよ」

「そうじゃなくて、その本には女性は出てこないんだけど」

「……なにを言ってるんですか？　作中に出てくるじゃありませんか。生徒会長、放虎原（ほうこばる）ひばり――と」

「あー、うん。ナマモノ同人だしね」

「なまもの？」

さて、なにから説明しよう。

「まず確認なんだけど。会長が出ているのに気付いたってことは、その本を読んだの？」

ビクリ、と身体（からだ）を震わせる天愛星さん。

「読んだのは確認のために少しだけです！　ひ、卑猥（ひわい）な挿絵も、その、チラリとだけ――もう、なにを言わせるんですか！」

「いや、だからその本には男しか出てこないんだ。多分」

「女性は出てこない……？　会長が出てるじゃないですか」

「えっと、それは男体化というジャンルで……要するに、その本の中では会長は男なんだ」

「ナンタイカ……？　すみません、それになんの意味があるのですか」

うん、疑問はもっともだ。俺にも分からん。

「つまりそれ、いわゆるＢＬ本なんだ。男になった会長が、他の男に攻められるというか、男同士の濡れ場がメインで――」

「はあ……」

しばらく宙に視線を泳がせていた天愛星さん。突然なにかに気付いたように、

「はいっ?!　会長が?!　男っ?!」

がばっ。勢いよく本を開いた。

「えっ、待ってください。じゃあこの挿絵は。えっ？」

天愛星さんは呟きながら本を凝視する。

「あの、馬剃さん？」

「じゃあこれは……うわ、そんな」

パラリ。ページをめくる天愛星さん。

「うわぁ……うわー」

「あの、ちょっといいですか」

「え、そんなところに」

……俺、帰っていいかな。

天愛星さんが溜息をつきながらパタンと本を閉じる。

「これは……実に良からぬものです」

ですか。そのわりには、ずいぶん堪能しているように見えたが。

「馬剃さん、分かってくれたね。こんな本は表に出せないし、会長の名誉のためにもここはひとつ穏便に」

俺の言葉が届いているのか。頬を軽く上気させた天愛星さんが、物憂げに俺を見る。

「文芸部の部長さん。あなた、お名前は何といいましたっけ」

ええ……この人、俺の名前を知らずにこれまで対応してたのか。

「温水だけど」

「ぬく——みずっ!?」

がばっ。再び本を開く天愛星さん。

「で、では、この本に出てくる魔法学園を裏で牛耳る温水というのは」

俺、そんな役なのか。しかもまさかの異世界モノだ。

「いやまあ、俺も当事者というか被害者なので」

「えっ、じゃあこのシーンなんて、あなたが……？　えっ、うわ……ヒド……」

天愛星さんは本と俺をかわるがわる見つめては、時折『うわぁ』と呟く。

目の前で自分が出ているBL本を女子に熟読される。なかなかの経験だが、これ以上は俺の心がもたない。

「あの、事情が分かったなら本を返してくれないかな」

俺は再び本に没頭し始めた天愛星さんに歩み寄る。

「……はえっ!?」

俺が近づいたのに初めて気付いたのか。天愛星さんは本を胸に抱えて飛びのいた。

「ちょ、ちょちょっ、なんですかっ?!　私に何をする気ですか！」

「へ？　いやいや、違うって！　あんまり大きな声を出すと誤解されるから」

こんな場面を見られたら、俺の高校生活が終了だ。

焦った俺が手を伸ばすと、天愛星さんが壁際まで後ずさる。

「あの、俺はなにも――」

「ま、待ってください！　私は女ですっ！」

なんの宣言だ。

「だからなにもしないって。その本に出ている温水と俺は別人だからね？」

警戒心もあらわに俺を睨んでいた天愛星さんも、ようやく分かってくれたのか。身体の力が抜けたように、その場にしゃがみこんだ。

「……そ、そうですね。取り乱してしまいました。でもあなたも悪いんですよ」

え、嘘。俺も悪かったのか。

天愛星(ていあら)さんはゆっくり立ち上がると、本の表紙をじっくりと眺める。

「確かにこの本は、いかがわしいなんて生易しいものではありませんね……」

「だよね、だからこの件は――」

天愛星さんは首を横に振りながら、俺の瞳を正面から見つめる。

「気が変わりました。温水(ぬくみず)さん、取引をしましょう」

取引。本を返す代わりに、俺に何かをさせようということか。

ＢＬ本みたいな展開に怯(おび)える俺に、天愛星さんは澄まし顔でこう言った。

「私の味方になってください。そうすればこの本はお返しします」

……へ？　味方になるってことは。

「君には敵でもいるの？」

「ある意味、私以外の全員が敵みたいなものです。ただ生徒会役員として職務を全うしているだけなのに、あなただって私を悪者扱いしてるじゃないですか」

うんまあ、否定はしない。

天愛星さんは会長の机を横目で見やる。

「会長はお優しいから、何でも許してしまうんです。志喜屋先輩に至っては、私がなにを言っても馬耳東風なんですよ？　隙あらば、うなじを触ってこようとするし——」

「えっと、プレイの内容はちゃんと相手と話し合って」

「だからプレイではありませんっ！」

感情の乱高下でさすがに疲れたのだろう。天愛星さんは額に手を当てながら、椅子に座る。

……さて、面倒なことになったぞ。

俺はぐったりしている天愛星さんに向かって、口を開く。

「味方になるのはいいけど、具体的に達成条件とか、期限とか決めてくれないかな。本を理由に、いつまでもいうことを聞かされるんじゃフェアじゃないからね」

「なるほど、その通りです」

天愛星さんはしばらく考えこむと、ポンと手を叩く。

「志喜屋先輩と月之木古都。終業式の日までに、あの二人の仲に決着をつけてください」

「へ？　なんでそんなこと」

「これ以上、あの二人の過去に振り回されるのはうんざりです。ツワブキ高校生徒会は、放虎原会長以下四名です。過去の亡霊には退場してもらいましょう」

「もし……達成できなかったら？」

天愛星（ていあら）さんはＢＬ本を大事そうに胸に抱きしめる。

「私がこの本をキッチリ精査して――終業式当日の職員会議に提出します」

終業式まであと８日。

流されるままに動いていた俺は、濁流に飲みこまれつつあることにようやく気付いた。

Intermission　～今後のご活躍を心よりお祈り申し上げます

市立桃園（ももぞの）中学校。校舎裏で一組の男女が向かい合っていた。

「ごめんなさい、あなたとお付き合いすることはできないんです」

黒髪の小柄な少女が、ぴょこんと頭を下げた。

しばしの沈黙。正面の男子生徒が静かに尋ねる。

「……佳樹（かじゅ）君、お兄さんがそれほど大切なのかい？」

「はい、佳樹はお兄様が幸せになるまで、誰かとお付き合いはできません」

大きな瞳に宿る強い覚悟。

それを見た男子生徒は、あきらめ顔で頷（うなず）いた。

「君の気持ちは分かった。悪かったね、突然呼び出して」

「会長のお気持ち、嬉しかったです。今日のことは胸の奥にしまっておきますから、生徒会ではこれまで通りご指導お願いしますね」

佳樹の優しい笑顔に、男子生徒は苦笑いする他ない。

「……これじゃどっちが先輩か分からないな。いつか僕が君のお兄さんより素敵な男になったら、もう一度告白してもいいかな？」

負け惜しみ——というのは酷だろう。

男子生徒の未練混じりの一言に、佳樹(かじゅ)の瞳がギラリと光る。

「……いえ、それはあり得ません」

「え？　いや、いまのは」

慌てる男子生徒に詰め寄る佳樹。

「未来永劫(えいごう)、お兄様より素敵な人は存在しません！　お兄様の魅力は決して付け焼刃でなく、魂の輝きにも等しいモノですから——」

まだも続けようとした佳樹の腕を、突然現れた女生徒が力強くつかむ。

「はい、ヌクちゃんストップ！　こっちおいでん！」

「あれ、ゴンちゃんなんでいるの？　あれれ、なんで引っ張るの？」

「ほいじゃあ先輩、ヌクちゃんもらっていきますねー」

ゴンちゃんこと権藤(ごんどう)アサミは、力ずくで佳樹をその場から連れていく。

人気(ひとけ)のないところまで来ると、ゴンちゃんはホッと息を吐く。

「ヌクちゃん、あれ以上は止(や)めときんよ」

「でもでもぉ……」

「でもじゃないら？」

ゴンちゃんは佳樹の頭をコツンと叩く。

「今年で8人目だら？　ちいとは上手く断わりん」

「だって困るんだもん。佳樹にはお兄様がいるんだよ？」

佳樹は頭をさすりつつ、拗ねた顔をしてみせる。

「お兄様がいても彼氏は作れるじゃんね。ちゃっちゃと作っとこまい」

「誰でもいいわけじゃないもん。佳樹はこう見えて贅沢なんです」

ない胸を張る佳樹に、ゴンちゃんはやれやれと肩をすくめる。

「ほいじゃー、ヌクちゃんはどんな人なら付き合ってもいいの？」

あごに人差し指を当てると、可愛らしく首を傾げる佳樹。

「うーん、そうですね。お兄様より素敵な人はいないので、せめて同じくらい誠実で」

「うんうん。ほいでほいで」

「同じくらい優しくて佳樹のことを大事にしてくれて、少しお人よしで困っている人がいると放っておけなくて、お兄様みたいな安心感のある見た目で、たまに寝癖があるのに気付かずに学校に行こうとするから佳樹が直してあげたりして、夜中にさびしくてお布団に忍び込むと寝ぼけてギュッとしてくれて、白はんぺんが好物で、12月25日生まれのA型で、学年は二つくらい上の人だったら――佳樹はこの身をいつでも捧げて構いません」

「へえ、ほっかー……」

ゴンちゃんの気のない返事に気付いた風もなく、佳樹はキラキラした瞳で空を見上げる。

「そんな人、どこかにいないでしょうか。意外と近くにいるんじゃないかと思うんですけど、ゴンちゃんはどう思う?」

そんな人、ヌクちゃんの『お兄様』以外にどこにいるのだろうか。

「どうだろうねー……はよー会えるといいねー」

ゴンちゃんは、さらに気のない口調で佳樹(かじゅ)と並んで空を見上げる。

三河湾(みかわ)から吹き込む西風に散らされ、空には雲一つない。

ああ、冬本番が迫ってきてるじゃんね――。

～２敗目～　優しさを少しだけ

金曜日の授業が終わって、ＨＲの時間。

俺は片肘をつき、昨日の天愛星さんとの会話を思い返していた。


――私の味方になってください。


その場は軽く流したその言葉は、時間が経つほど俺に重くのしかかってきた。

そもそも志喜屋さんにそそのかされて、天愛星さんを探っていたのだ。それが今度は、天愛星さん側に立って、志喜屋さんと月之木先輩の仲に決着をつけるとか――。

「……いや、無理だろ」

思わず独りごちた俺の声が、思いのほか大きく教室に響いた。

冬休みの注意を読み上げていた甘夏先生が、ジロリと俺を睨む。

「おい、温水。言いたいことあるならハッキリ言え。不純異性交遊禁止は、そんなにムリゲーか？　私は今年のクリスマスも一人だと言いたいのか？　そうなのか？」

「え、いや、そんなつもりは」

俺がボソボソと呟くと、甘夏先生は舌打ちをしながら「冬休みの注意」をポイッと投げ捨てる。この担任、態度が悪い。

「まあいいや。お前ら続きは勝手に読んどけ。これで連絡事項は終わりだが――実はこないだ、友達の結婚式に行ってきた」

なんか変な話が始まったぞ。途端に教室の空気が張り詰める。

満面の笑みで話し続ける甘夏先生。

「実にいい式だったぞー。花嫁が結婚を決めたきっかけが傑作でな。毎晩、誰もいない暗い部屋に帰るのが寂しかったから――だってさ。おかしいよな、アハハ」

明るく笑う甘夏先生。暗く静まり返る教室。

ひとしきり笑い終えると、先生は突然うつむいて、ドシンと教卓を叩いた。

「……その晩、ドレス姿で引き出物抱えて、暗い部屋に戻った先生の気持ちをお前らも想像してみろ。10年後のお前らの姿だぞ」

なんという呪いの言葉。

しばらく経って顔を上げた先生は、いつもの人を食ったような表情に戻っている。

「よし、みんなの気分も上がったところでHR終了だ！　先生はこれからお前らの通知表つけるから、この週末は震えて眠れ！」

ええ……こんなテンションのまま週末に突入か。そういや先生、飼い始めた猫は懐いてい

すん…
…

るんだろうな。

甘夏先生が教室を出て行くと、クラスの連中は思い思いに席を立つ。

俺も余計な心配をしている場合じゃない。昨日中断した作戦会議の続きで、志喜屋さんに呼び出されているのだ。八奈見はすでに教室を出たようだ。

俺も部室に向かわないとだが……正直、気が重い。天愛星さんに企みがバレていることを隠した上で、月之木先輩となにがあったか探りを入れる――。

俺にそんな、二重スパイのような芸当ができるのか？

でもスパイってカッコいいよな。俺、アニメ化しないかな……。

ぼんやり現実逃避していると、ふわりと花の甘い香りが鼻をくすぐった。

脳内を流れだす軽快なＢＧＭ。この登場の仕方はいうまでもない。

「温水君。ちょいっと時間ありますか」

――姫宮華恋。八奈見が１２年かけて落とせなかった袴田草介を、わずか２か月で落とした正統派ヒロインだ。

姫宮さんの長い髪の周りには光の粒が舞い、キラキラと輝く笑顔に俺は思わず目を細める。

「ああ、うん。大丈夫だけど」

「それでは質問。クリスマスの日、お暇かな？」

「え？」

これは――暇とか答えると、バイトのシフトを代わってと言われる展開に違いない。俺はインターネットを良く見るから詳しいんだ。

「うちの学校、バイトは禁止されてるし、代わるのはちょっと……」

「へっ？　もう、温水君ったら冗談ばっかり」

口元を押さえて、クスクスと笑う姫宮さん。うけたようでなによりだ。

「終業式の日、クリスマス当日でしょ？　クラスの有志でクリスマス会をしようって話があるんだけど、温水君もどうかなって」

これって、八奈見の言ってたクラス会ってやつだよな。

「あの、気持ちは嬉しいけど、その日は先約があって」

「先約……？」

嘘ではない。俺の誕生日を祝うべく、佳樹(かじゅ)が張り切っているのだ。

我が家の外壁を彩るＬＥＤのカウントダウンも、実は俺のバースディまでの残り日数だ。ご近所さんからは、かなりのクリスマス好きだと思われているに違いない。

「温水、クリスマス会これないのか？」

そう言って姫宮さんの隣に並んできたのは袴田草介。爽(さわ)やかなイケメン顔に、残念そうな表情を浮かべている。

「えっと……ごめん、前から約束があるんだ。ちょっとその日は」

「途中で抜けてもいいから、少しだけでも顔出せばいいのに」

「え、でも」

「ちょいちょい、草介！」

姫宮さんが袴田を慌てて止める。

「華恋、どうした」

「ほら、杏菜ちゃんもクリスマス会に出れるか分からないって言ってたでしょ？　ひょっとして……」

「あ、ヤバ。俺、余計なこと言っちゃったな」

「もう、草介は相変わらずだね」

そう言って笑顔で袴田の頬をつつく姫宮さん。

なんか嫌な誤解が生じている気がするぞ。そしてお前ら、目の前でイチャつくな。

「あの、クリスマスの予定は八奈見さんと関係は――」

名誉を賭けた釈明を始めようとした矢先、脳内を流れるＢＧＭの曲調が変わった。

心を不安にさせる不気味な調べ。

キラキラ輝く姫宮空間が、急速に闇に飲み込まれていく――。

こんな芸当ができる人は他にはいない。姫宮さんの背後に、暗い影がゆらりと迫る。

「まだ……いた……」

「きゃっ！」

悲鳴をあげて、姫宮さんが袴田に抱きつく。

影の正体は志喜屋（しきや）さんだ。フラフラと揺れるように俺の前に立つ。

「今日も……急な仕事……入った」

志喜屋さんはカクリと首を傾（かし）げる。

「連続で……約束……ゴメンね」

約束？　つまり今日も作戦会議はなくなったということか。

「いえ、気にしないでください。それではまた来週」

助かった。俺が立ち上がろうとすると、志喜屋さんが机越しに身を乗り出してくる。

前髪が当たるほどの距離に顔が迫り、俺は慌てて座り直す。

「えーと、あの」

「代わりに……日曜の午後、空いてる……？」

基本、常に空いている。

俺が無言で頷（うなず）くと、乗り出した身体（からだ）を起こそうとした志喜屋さんは――そのましゃがみこんで、ペタンと机に顔を乗せる。

「階段上ったら……疲れた……」

「上ったって、ここ二階ですよ？　ほら、手を貸しますから、ゆっくり立ち上がりましょう。

はい、お腹に力入れて身体を起こしてー」

……なんかもう、この人のお世話をするのも慣れてきたな。

どうにか立ち上がらせたころには、額に汗がにじんでいる。拭く物を探してポケットを探っていると、志喜屋さんがハンカチで俺の額を拭ってくれた。

「あ、どうも」

「じゃあ日曜……いつものとこで待ってる……」

ゆらりと背を向け、教室を出て行く志喜屋さん。

……ん？　いつものとこって、どこだ。良く分からんし、八奈見と小鞠にも連絡しないとだし、今日の予定が中止になったことも言わないと——ああもう、面倒くさいな。

とりあえず部室に行こうとカバンを肩にかけると、抱き合ったままの姫宮夫妻が目を丸くしながら俺を見つめている。

「えっと、どうかした？」

「温水君、いまの生徒会の2年生の人でしょ。ずいぶん仲がいいんだね」

「そういうわけじゃないけど、あの人いつもあんな感じだし」

袴田が呆れた顔をする。

「お前、いつもあんな風にベタベタしてるのか」

「だね、さすがの私も照れちゃうよ」

お互いの身体に腕を回してクスクス笑い合う二人。

俺は喉元まで出かけた言葉をグッとこらえる。

――お前らが言うな、と。

◇

人気のない西校舎の廊下。部室に向かいながらスマホの通知画面を見ると、志喜屋さんに送ったメッセの返事が届いている。

えっと、日曜日の午後３時に例のボドゲカフェで作戦会議か。

お金の心配はするなとのことだが、前回に続いて奢られるのも気が引けるし、菓子折りでも持っていこうかな。次は八奈見に食べられないように注意しないと……。

了解と送ってすぐに、通知画面に新たなメッセージが表示される。

志喜屋さんからの返事――ではなく、天愛星さんからのメールだ。

『相談したいことがあります。日曜日の午後2時、豊橋駅前のカラオケでお待ちしています』

なんでカラオケ？　丁寧にＵＲＬまで送ってくれたが、志喜屋さんの約束と時間が近いし面倒だな。断ろうとした俺は、返事を打つ指を止める。

……待てよ。断って他の日に呼び出されるくらいなら、一度顔を出しておいて先約を理由に途中で切り上げばいいんじゃないか？

志喜屋さんとの約束だといえば、嫌とは言えないだろうし。

悪い笑みを浮かべながら部室の扉を開けると、すでに八奈見と小鞠の姿があった。

「お疲れ、ちょっといいかな」

プリッツとポッキーの優劣について熱く語り合う二人に週末の予定を告げると、返ってきたのは冷たい視線だった。

「馬剃さんと二人でクレープ食べて、次はカラオケですか？　温水君、ちょっと公私混同してませんかー」

プリッツで俺をさしながら、八奈見。

同人誌を取り返すべく孤軍奮闘しているのに、なんという理不尽。

「カラオケは二人で会うのに都合がいいからだろ。喫茶店だと周りに話を聞かれるし」

「な、なんで、二人で会う必要があるんだ？」

小鞠はポッキーの持ち手部分をかじりながら、俺にジト目を向けてくる。

天愛星さんとの約束の件、言うわけにはいかないよな。俺はゴニョゴニョと語尾をごまかす。

「まあ……ちょっと色々あってさ。それに女子を自分の部屋に上げるわけにはいかないし」

「私、温水君の部屋に上がったことあるじゃん」

ポキン、とプリッツをかじる八奈見。小鞠が目を丸くする。

「うぇっ?!　や、八奈見、部屋行った、のか?」

「うん、温水君が強引でさ。困るよね、私も女子だし」

なぜか得意げな八奈見。こうして事実は改ざんされるのだ。

「夏休みのことなら、八奈見さんが勝手に来たんだよね？　それに部屋に上がった時には朝雲さんが一緒だったし」

「あー、思い出した。可愛い女子を二人も上げといて、お茶菓子も出なかったよね。小鞠ちゃん、信じられる?」

「え、えと、お、お菓子そんなに大切……?」

小鞠の正論に、八奈見はコクリと頷いて次のプリッツの小袋を開ける。

「男は一も二もなく甲斐性だよ。小鞠ちゃん、覚えておいてね」

「小鞠に変なこと吹きこまないでくれ。とにかく馬剃さんとの約束は俺一人で行くから」

「でも、志喜屋先輩にも呼ばれてるんでしょ」

八奈見は難しい顔をしながら、指でプリッツの長さを計っている。

「ねえこれ、折らずに一口で食べれると思う?」

「ああ、午後３時にこないだのボドゲカフェに集合だって。そしてプリッツは、少しずつよく噛んで食べよう」

「じゃ、じゃあ、温水は来ないのか？」

小鞠が不安そうな顔をする。

「馬剃さんとの約束は、豊橋駅近くで午後2時からなんだ。30分で切り上げて移動すれば間に合うだろ。二人は最初から志喜屋さんの方に――」

「あ。私、友達と約束あるから無理だよ」

上を向き、大口を開けながら軽く言う八奈見。

「え、そうなのか？　じゃあ小鞠一人で頼む」

「で、でも温水、遅れないだろうな……？」

んー、話が長引いたり、電車のタイミング次第じゃ遅れるだろうな。そうなったら、小鞠と志喜屋さんの二人きりか……。

「絶対に遅れないから安心してくれ。今まで俺が嘘ついたことあったか？」

「わ、わりと」

そうか。いまも俺、嘘ついたしな。

「じゃあ檸檬ちゃんに来てもらおうよ」

モシャモシャと咀嚼しながら、八奈見がそんなことを言いだした。こいつ、プリッツの縦食い成功させたのか……。

「焼塩に？」

「いまあの子、部活禁止でしょ。暇だしきっと来てくれるよ」

部活禁止は勉強するための気がするが、どうせしてないから同じだな。

「じゃあ、連絡お願いしていいかな。小鞠もそれでいいか？」

「え、えと、分かった」

「じゃあ決まったな。俺は馬剃さんとカラオケ行って、それから小鞠たちに合流する流れで。小鞠と焼塩は、午後3時にボドゲカフェに現地集合って感じか」

なんだかせわしないな。

そういえば年内に部誌を一冊作る予定だったけど、完成するんだろうか。

「遊んでる暇はないんだけどな……」

思わず独りごちた俺を、小鞠と八奈見がジト目で見てくる。

「も、もともと遊びの予定じゃ、ないぞ」

「え？」

「月之木先輩の同人誌を返してもらうんでしょ？　目的を忘れないで下さーい」

……忘れてたわけじゃないぞ。うん、ホントだから。

◇

時は流れて日曜日の昼食後。俺は自室で、ベッドに並べた服を前に腕組みをしていた。

俺は今日、カラオケデビューをする。

しかも相手は天愛星（てぃあら）さんとはいえ、同級生の女子。

まさかとは思うが、これが噂に聞くという——。

「モテ期ってやつなのか……？」

思わずつぶやいた瞬間、背後から声がかけられた。

「……お兄様、お茶をお持ちしました」

いつの間に部屋に入ってきたのか。佳樹（かじゅ）が笑顔で湯呑（ゆの）みを乗せたお盆を持ち上げる。

「ああ、佳樹いたのか。ありがと、そこに置いといて」

机にお茶を置きながら、佳樹が不思議そうに首を傾（かし）げた。

「そんなにお洋服を広げて、どうしたんですか？」

「これから出かけるから、なに着ていこうかなって。このトレーナーとかどうだろ」

俺は一枚の服を手に取る。ワラジムシのイラストが入ったとっておきの逸品だ。

「ダンゴムシ——ですか？」

「これは丸くなれないからワラジムシだ。胴体のパーツの重なり方が違ってるから、そこで見分けをつけるんだ」

「そうなんですね、知りませんでした。お兄様、ファッションマナー的に１２月はトレーナー禁止なので、襟付きのシャツとかどうですか」

え、そんな決まりがあるのか。マナーなら仕方ない、俺は買ったばかりのシャツを広げる。

「じゃあこれはどうかな。全面に英字新聞がプリント――」

「こちらのシンプルなシャツにしましょう。クリスマスが近いと、柄物はタブーなんです」

そんなルールまで……？　ファッション、難しいな。

「ズボンはこれを穿いていこうと思うんだけど」

「あら、デニムですか」

「このジーンズちょっとオシャレだろ。ペンキの汚れみたいな模様がついてて、なんか腰にチェーンも――」

「はい、とても素敵です。ですがデニムは鬼祭の鬼に狙われますので、こっちのチノパンにしましょう」

――鬼祭。鬼が街を練り歩き、市民に白い粉をかけてまわる豊橋の恒例行事だ。

「鬼祭は2月だろ？」

「年末特番的なアレです。お出かけするのに、粉をかけられたら困りますよね」

確かに、出かける前には困るな。

佳樹は俺の選んだ候補を横にどけると、身体にシャツを当ててくる。

「そうですね、このシャツに茶系のカーディガンを合わせるのはどうでしょう。後でお持ちしますね」

「なんで佳樹がそんなの持ってるんだ？」

俺の疑問に、佳樹は当然とばかりに微笑む。

「妹が兄の身支度をするのは当然です。ほら、先日お貸ししたラノベにも、そう書いてあったじゃないですか」

そういや書いてあった気がするな。ラノベに書いてあるなら仕方ない。

「……それはそうとお兄様、これから女性と会うんですよね」

「え、なんで分かった」

俺の言葉に、佳樹が目を輝かせて詰め寄ってくる。

「まあ、やっぱり！　これってデートですよね？　八奈見さんですか？　それとも小鞠さん──いえ、別の方ですか？」

「待て待て、デートじゃないから。ちょっと話をするだけで」

「でもでも！　二人きりでお会いするんでしょう？　良ければ佳樹もご一緒して面接を──」

「だからそんなんじゃないって。二つ目の約束は他にも人がいるし」

思わず口を滑らせると、佳樹の笑顔が消える。

「……ダブルヘッダー」

「へ？」

野球の話、ではないよな。佳樹はゆっくりと首を横に振る。

「世界がお兄様を放っておかないのは理解します。ですが連続はいかがなものかと。せめて別の日にするのをお勧めします」

なんの勧めだ。

「部活の関係で、色々相談があるんだって。ほら、お兄ちゃんは着替えるから、佳樹は部屋を出てくれ」

「佳樹は気にしませんよ？」

「お兄ちゃんが気にします。はい、部屋の外に出なさい」

「にゃー」

佳樹をつまみだして着替えていると、さっきの佳樹の言葉が頭をよぎる。

――デート。一般的に男女が二人で出かけることだ。

いやでも、夏休みに八奈見に呼び出されて二人で会ったが、デート感は0だったよな。やはり恋愛感情の有無が大切なのだ。

だが逆に考えれば、馬剃（ばそり）さんに少しでも恋愛感情があれば――。

「……ないな」

あの人、八奈見枠だし。

邪念を振り払いながらシャツのボタンを閉めていると、ベッドの脇にペタンと貼りついたジーンズが目に入った。

これ、カッコいいと思うんだけどな……。

駅前の精文館書店本店。俺はその近くのカラオケボックスの一室にいた。

腕時計のデジタル表示は13：05。

そう、カラオケデビューを悟られないよう、約束の時間よりも1時間早く来店したのだ。

「……危ないところだったな」

一つ目の罠は飲み物だ。受付でコーラを頼もうとした俺に、店員さんが親切にドリンクバーの説明をしてくれた。

カラオケの種類を選べるのも初耳だったし、これが本番だったら即死だった……。

フードメニューをチラ見してから、ふと顔を上げると壁の受話器が目に入った。

あれで注文するのかな。使い方だけでも練習しとくか。

なにげなく受話器を手に取ると、次の瞬間、声が流れ出す。

『はい、フロントです！』

え、受話器外した時点で繋がるのか。通話ボタンとかあると思ってた。

『もしもーし！　ご注文ですか？』

「えーと、じゃあなんか人気のあるやつを。あ、はいそれで」

受話器を置いた俺の額を汗がつたう。

早くも精神力は限界だ。俺は逃げるように部屋を出ると、ドリンクバーに向かった。

ジュースサーバーに先客がいたので、後ろでぼんやりと順番を待つ。

前にいる女の人、なんか両手にグラスを持ってるな。

片手のグラスにジュースを入れながら、もう片手のグラスを飲み干す。そして注ぎ終わったジュースを飲みながら、空にしたグラスにお代わりのジュースを入れる――永久機関の完成だ。

ん？　この飲みっぷり。セミロングの髪をハーフアップにした後ろ姿は、なんか見覚えがあるな……。

女の人がコーラを飲みながら振り返る。

「あ、温水君ここにいた。どう、上手くいってる？」

「……八奈見さん、なんでここにいるの？」

しまった、髪型がいつもと違うから油断した。

「妹ちゃんから温水君がオシャレして出かけたって聞いてさ。時間が早いから、きっとカラオケデートの下見してるんじゃないかって。ビンゴでしょ」

おおむね当たっている。正直悔しい。

「デートじゃないけど、カラオケ来るの初めてだし。システムとか予習しとこうかなって」

「分かる分かる。私も草介とデート行くとき、下見に行ったりしたよ。で、部屋はどこ？」

「え、八奈見さんもくるの？　友達と約束あるんでしょ？」

「待ち合わせまで時間あるし。……なんで嫌そうなのよ」

なんでもなにも面倒だし。

部屋まで無理やりついてきた八奈見は、ソファに腰掛けながら部屋を見回す。

「この店にも草介と二人で来たことがあって――あれ、ちょうどこの部屋だ」

八奈見の表情が暗くなる。

「そっか……あの頃はまだ……そうか……」

勝手に来て変なスイッチを入れるのは止めてくれ。俺は慌てて話を逸らす。

「ほら、ここってフードメニューも充実してるだろ。八奈見さんのお勧めはなに？」

「フライドポテトを一緒に食べたな。杏菜食べすぎだろって、草介がいつもの冗談を――」

突っこんでいいのか迷っていると、ノックの音と同時に店員さんが入ってくる。

「お待たせしました、オニオンリングタワーになりまーす！」

なんかすごいの来た。

縦に積まれたオニオンリングを前に、八奈見の瞳に光が戻る。

「……え？　温水君、ひょっとして私が来るって知ってたの？　それとも期待してた？」

「へ？　いや、別に」

「そっか、温水君一人で寂しかったのか。照れなくてもいいんだよ。ごめんね、最初から付き合ってあげれば良かったね」

すっかり機嫌を直して、オニオンフライを口に放り込む八奈見。食べていいなんて言ってないぞ。

「いやいや、最初から一人のつもりだったんだけど」

「じゃあなんでこんなの頼んだの？　馬剃さん来るまでに冷えちゃうでしょ」

八奈見は口いっぱいに頬張りながら、首を傾げる。

受話器を取ったらフロントと繋がって、なんか適当に頼んだらこれが来た――うん、言うのが恥ずかしい。

「八奈見さんが来るかなって、そんな気がしたんだ」

開き直って答えると、八奈見はコーラを片手に親指を立てる。

「良く言えました。よし、お姉さんが色々教えてあげよう」

八奈見はリモコンを手に取ると、タッチペンで画面をつつく。

「基本的な操作はリモコンで出来るから、まずはこれに慣れようか」

「えっと、それで曲とか選べるんだよな」

「だよ。こんな感じで曲の歌詞検索もできるし。歌ってるときに、キーも変えられるよ」

このリモコン、無駄に強そうなだけじゃなかったんだ。

「それじゃ、このメニューはなんだろ」

「ええと、それはだね——」

八奈見のカラオケ講座が始まった。予想に反して説明は思った以上に分かりやすい。こいつ、お年寄り向けの趣味講座とか向いてるんじゃないだろうか。お菓子沢山もらえそうだし。

「よし、これだけ覚えておけば恥かかないよ」

カラオケの心得を一通り説明し終えると、八奈見が立ち上がる。

「まだ時間あるよね。少し歌おうか」

時計を見ると時刻は13：40。待ち合わせまであと20分か。

「でも馬剃さんが早く来るかもしれないし。あの人、真面目だから」

「ん？　どゆこと？」

八奈見がマイクを両手、怪訝そうな顔をする。

「えーと、つまり。八奈見さんの分は払っとくから、そろそろ帰ってくれないかな」

「……ほう」

どうした八奈見、フクロウみたいな声出して。

そうか、ちゃんとお礼言ってなかったな。八奈見相手でも礼儀は大切だ。

俺はぺこりと頭を下げる。

「今日はありがと、助かったよ。忘れ物に気をつけてね」

よし、ちゃんとお礼を言ったぞ。

しかも忘れ物の注意喚起までするなんて、我ながら上出来だ。

「…………」

「あの、八奈見さん？」

八奈見はもう一度「ほう」と呟くと、フクロウばりの鋭い眼光で俺をジロリと睨んでから、部屋を出て行った。

……なんなんだ。ひょっとしてデザートを出さなかったから、怒っていたのかな。

八奈見には後日フォローを入れるとして、まずは天愛星さんだ。

部屋を片付けて、部屋番号をメールする。

メールはメルマガやサイト登録する時にしか使わないから、操作に慣れないな……。

俺は送信ボタンをようやく探し出すと、慎重にそれを押した。

◇

扉がノックされたのは14時ジャスト。

天愛星さんは部屋に入ってくると、さっきまで八奈見が座っていたソファに座った。

「温水さん、お待たせしました」

「いや、俺も来たばかりだよ」

軽くうそぶくと、天愛星さんの姿を横目でうかがう。

彼女の服装は白い襟が特徴的な紺色のワンピース。デートというより、親戚の結婚式に出席する雰囲気だ。

「どうしたんですか、じっと見て」

「いや、なんでも。今日はどうしてカラオケなのかなって」

「人目を避けられますし、あなたが不埒な考えを起こしても、店員さんが駆けつけてくれますから。密談をするにはもってこいなんです」

天愛星さんはフフンと年相応の胸を張る。この人、相変わらず失礼だ。

「……なるほど。あ、飲み物はドリンクバーになってるから」

「水筒を持参したので結構です」

え、なんでまた。不思議そうな顔をした俺を、ジロリと睨む天愛星さん。

「会場をカラオケにしたのは、他人との接触を最小限に控えるためです。今日は遊びに来たんじゃありませんよ」

天愛星さんはテーブルの上に色とりどりの冊子を並べだす。

「これは——塾のパンフレット？」

「はい。温水さん、先日の二人と同じ塾だったんですよね。良ければご意見を頂ければと」

あれ、今日呼び出されたのって、志喜屋さんと月之木先輩の件じゃなかったのか。

確かに勉強の件でも相談受けてたし、なんだかややこしいな……。

「今は塾通ってないし、詳しい話が聞きたければ二人と連絡とるけど」

「いえ、あのお二人は良い方ですけど。目の前であまり親しくされるのは少し……ま、まあ、校外での話ですので、とやかく言いませんけど！」

……仕方ない。俺は通っていた塾のパンフレットを広げる。

「俺はＷＥＢより講義室での対面講義の方が合ってたから、この塾で良かったかな。自習室や資料も充実してるし」

「なるほど。個別指導の塾と迷っているんですが、温水さんは経験ありますか？」

「個別指導は考えたことなかったな。俺、知らない人と話すの苦手だから」

「塾の先生は知ってる人でしょう……？」

なるほど、そういう考え方もあるのか。

しかし、今日の天愛星さんはそんなに怖くない。学校だと大体怒ってるし。

しばらく話していると、彼女からは時折笑みもこぼれだす。

……こうしてると普通に可愛いな。いつもこんな感じならいいのに。

なんとなく眺めていると、不意に天愛星さんと目が合った。

「なんですか、温水さん」

「い、いや、なんでもない。そういえば、まだ時間あるよね」

俺はリモコンに手を伸ばす。さて、ついにカラオケデビューの時間だ。

八奈見の教えを頭の中で思い返す。確か――。

その1．初心者はバラードに手を出すな
その2．アニソンは有名な曲でも避けるべし
その3．ネタソングは場を見て歌え
その4．一人でテンション上げると落差に泣く
その5．だからアニソンは駄目だってば

八奈見、アニソンに親でも殺されたのか。

だけど俺にそれ以外で歌える曲ってあったかな……。

リモコンを手に迷っていると、天愛星さんがカバンから古文の参考書を取り出している。

「馬剃さん、なにしてるの」

「まずは勉強をしようかと。温水さんこそ、勉強道具はどうしたんです」

「え、本当に勉強する気だったの？」

天愛星さんの表情がけわしくなる。

「相談をすると言ったじゃないですか。なんだと思ってたんですか」

ええ……カラオケで歌わないなんて思わないじゃん。

気恥ずかしさに黙っていると、天愛星さんが英単語帳を差し出してくる。

「良ければこれ、使いますか」

「あ、はい」

俺は言われるがまま、単語帳に目を落とす。

……なんで俺は友達でもない女子と二人、カラオケボックスで勉強してるんだろ。

3つ目の単語を覚え終えると、俺は単語帳で顔を隠しながら天愛星さんを観察する。

学校と同じく、キッチリとアップにした髪。アクセサリー類は身に着けず、浮ついた雰囲気は一切ない。

動詞の活用表を睨(にら)みながらブツブツ呟(つぶや)く天愛星さんを見る限り、デート感は0だ。

しばらくすると、天愛星さんは小さく伸びをした。

「少し疲れましたね。音楽でも流しますか？」

「えっと……それより、もう一つの件について話をしたいんだけど」

デートじゃないなら遠慮はいらない。俺の様子を見て、天愛星さんは参考書を閉じる。

「志喜屋先輩たちのことですか？」

俺は真面目な顔で頷く。

「ああ。馬剃さんは二人の仲に決着をつけろって言ったよね」

「ええ、言いました。それが例の本を返す条件だとも」

「俺も馬剃さんも、二人の間になにがあったのか知らないだろ。正直、俺たちが口を挟んで大丈夫だと思う？」

天愛星さんは無言で水筒のコップにお茶を注ぐと、のぼる湯気をゆっくりと吸う。

続く無言。俺がしびれを切らして口を開きかけると、それを遮るように話し出した。

「……私の見たところ、あの二人は嫌い合ってるようには見えません」

それだけ言うと、天愛星さんはゆっくりとお茶を飲む。

俺はその言葉をどう受け止めていいのか、慎重に考える。

「馬剃さん的には、あの二人はちゃんと話し合えば分かり合えるってこと？」

「どうでしょう。向き合ったからこそ、完全に壊れることもあるかと思います」

天愛星さんは俺の瞳を正面から見つめる。

「直視すれば破綻するって分かるから、目を逸らす。良くある話でしょう？」

俺は視線から逃れるように顔を伏せる。

言いたいことは分かる。だけど——。

「もう一つ教えて欲しい。馬剃さんはなぜ、あの二人の仲をそんなに気にするんだ」

「前にも言いましたよね。二人の過去に振り回されたくないって」

「だけど、そんな理由なら無視すればいいんじゃないか。月之木先輩は卒業が近くて受験もある。放っておけばいい」

「……かもしれませんね」

「にもかかわらず無視できなかった。むしろ、気にする理由は馬剃さんの中にあるんじゃないか？」

「それは――」

天愛星さんは目を伏せ、コップの中をじっと見つめる。

「月之木古都に拒絶された時の志喜屋先輩が……すごく寂しそうな顔をするんです」

静かに答えると、天愛星さんはお茶を飲み干した。

そして、挑発するような目つきで俺を睨みつける。

「私の動機はそれだけでは不足ですか？」

充分だ。俺は黙って首を横に振る。

「ごめん、俺も踏みこみすぎた。だけど月之木先輩のことは、あんまり悪く思わないで欲しいな」

「そうは言われましても。あの人に好印象を抱く理由がないのですが」

「確かに少し――いや、かなり羽目は外すけど。反省も――したりしなかったりだけど。でも、僅差でいいところの方が多いんだって」

「……あなたの寛大さに感心します」

天愛星さんは呆れたように溜息をつく。

「私は不真面目でいい加減な人は嫌いです。私の大事な先輩にあんな顔をさせる人も嫌いです。そして私の価値観を壊して回る人は――なにより嫌いです」

価値観の違いはそれこそどうしようもない。ナマモノBLなんてのは弁護しようもないが、書くことを止めて欲しいとは思わない。出来れば俺は出さないで欲しいけど。

「あの二人のことは、なんとか考えてみる。同人誌の約束は忘れないでよ」

「そちらこそ、しっかりお願いしますね」

天愛星さんは黙って参考書に注意を戻す。

……さて、頃合いを見計らって抜け出さないと。

スマホで電車の時間を調べていると、参考書に目を落としたまま天愛星さんが話し出す。

「――塾の話も悩んでいるのは本当です」

サラリ、と参考書のページをめくる。

「私には弟がいるので、塾に通いたいってなかなか言いだせなくて」

「どうして？」

「弟が最近サッカークラブに入ったんです。遠征代もかかりますし、我が家は普通のサラリーマン家庭ですから」

言いながら、参考書に蛍光ペンで線を引く。

「とはいえ、頼めば通わせてもらえると思います。だからこそ、親にできるだけ負担をかけない通い方を考えようかと」

天愛星さんの話はそこで終わりだ。

黙々と勉強を続ける彼女に向かって、俺は自然に話しかけた。

「……いつか俺の親が言ってたんだけど。俺にやりたいことや目標が出来たら、必ず教えてくれって。少しくらいの無理なら、させて欲しいって」

手を止めて、ゆっくりと顔を上げる天愛星さん。

「それで？」

「馬剃さんの親も、多分同じようなことを考えるんじゃないかと思うよ」

「温水さんのお宅は恵まれているんですね」

「え？　裕福ってわけじゃないけど、両親共働きだから——」

「お金の話じゃありませんよ。もちろん、馬剃家も負けてはいませんが」

天愛星さんは更に何か言おうとして、根負けしたように表情を緩めた。

「ああもう、面倒です。白状しますね」

天愛星さんは指を組んで、大きく伸びをする。

「実は今日、温水さんを困らせるつもりで来たんです」

「へ？　なんでそんなこと」

「だってあなたは同人誌を取り返すために、志喜屋先輩の入れ知恵で近づいてきたんですよね。私にも少しくらいやり返す権利があると思います」

……返す言葉もない。思わず苦笑いをする俺を、天愛星さんがジロリと睨んでくる。

「でも勘違いしないでくださいね！　別に打算抜きで声をかけて欲しかったとか、そういうのではないですから！　校則に『異性との交友は健全・明朗であること』と明記されている以上、必要以上の交流は――」

天愛星さんは早口でまくしたてる。

「……温水さん、さっきからなにがおかしいんですか」

「いや、こっちの方がいつもの天愛星さんらしいかなって」

「っ!?　それじゃいつも私が怒ってるみたいじゃないですか！　それに下の名前で呼ばないでください！」

天愛星さんはプンスコ怒りながら、カバンから問題集を取り出す。

「もう遠慮しません。温水さん、数学は得意ですか」

「まあ、苦手じゃないけど」

「あなたは私の味方なんですよね。教えてください」

え、どうしようかな。そろそろ行かないと約束の時間に間に合わないし。

迷う俺の返事を待たず、問題集を広げる天愛星さん。

「余弦定理と正弦定理は完全に理解したのですが、なぜか問題が解けないのです」

それは完全に理解していないからではなかろうか。

天愛星さんが指差す問題を、テーブルの反対側からのぞきこむ。

「えっと、暗くてよく見えないな」

「ならどうぞ、こっちに移ってください」

天愛星さんはソファの隣をポンポン叩く。

「へっ？　隣？　でもほら、それってまずいんじゃ」

「勉強を見てもらうだけじゃないですか。変に意識しないでください」

なんか俺だけドギマギするのも悔しいな。平静を装って天愛星さんの隣に座ると、かすかに控えめな化粧の香りが漂ってくる。

……天愛星さん、化粧とかするんだな。あ、首筋にホクロ見つけた。

「この問題です、分かりますか？」

天愛星さんは問題集をこちらに寄せてくる。俺は邪心を振り払いながら目を凝らす。

問題は途中まで解いているようだ。どれどれ……。

「どうしても上手くいかないんです。やはり問題が間違っているのでしょうか」

「えっと、これ……余弦定理と正弦定理を逆に覚えているんじゃないかな」

「…………」

天愛星(てぃあら)さんはしばらく無言でシャーペンを走らせると、問題集をパタンと閉じる。

「……間違っているのは、問題集ではなく私でした」

うん、まあそういうこともあるよね。

これが共感性羞恥(しゅうち)というやつか。いたたまれない気持ちになった俺が立ち上がろうとすると、天愛星さんが顔を伏せたまま腕をつかむ。

「え、まだ分からない問題があるの？」

「いえ、そうではなく。少し私からお話が」

「はあ」

天愛星さんはうつむいたまま、もじもじと指先をいじっている。

「ええとですね、今日ここに来ていただいたのは、勉強や先輩たちの相談もあったのですが。もう一つ、誰にも聞かせられない話がありまして」

……？　なんだろう。

わざわざ休日に呼び出してまで、他人に聞かれたくない話が俺にある――。

えっ、待って。つまりそれって……本当に来たのか、俺にモテ期が。

天愛星さんのうつむいた小さな顔が僅かに震え、細い首がうっすらと桜色に染まる。

ゴクリ、と俺の喉(のど)が鳴る。

「ぬ、温水さん！」

「は、はいっ！」

「――――のですか」

え？　なんて言った。流れからすると、俺に恋人がいないか聞いたのか？

「あの、いや、俺にはそういう人は」

「……はい？」

怪訝そうに顔を上げる天愛星さん。

「ですから……あの本に続きはあるのですか」

「へ？　あの本？」

戸惑う俺に、天愛星さんが食ってかかってくる。

「だっ、だから、没収した同人誌の続きですっ！　あるんですかっ!?　ないんですかっ?!」

「えーと、あの人受験生だし。そんなにすぐには書けないよ」

「そういうものなんですか。受験勉強は大切ですからね」

天愛星さんはガックリと肩を落とす。つまりこれは。

「……続きが気になるの？」

「はいっ?!　ば、ばば、馬鹿なこと言わないでください！　中途半端なところで終わってたから、続きはどうなるのかなって。それだけですから！」

気になってるじゃん。

BL沼にハマるのは個人の自由だが、敬愛する先輩のナマモノ男体化BL小説で目覚めるとか、業が深すぎやしないか。この先、供給ないぞ。

「わ、私がいま言ったことは秘密ですから！　特に月之木古都には言わないでくださいね！」

「じゃあ会長にはいいの？」

俺の軽口に顔を青くする天愛星さん。

「いいわけないでしょう?!　あなた頭おかしいんですかっ!?」

否定はしないが、天愛星さんも負けてはないぞ。

そしてからかった俺が悪いんだが――。

「天愛星さん。顔、ちょっと……近いかなって」

「へ？」

そう、グイグイくる天愛星さんと逃げ腰の俺。完全に押し倒される一歩手前だ。

天愛星さんはパッと身体を離すと、今度は耳まで赤くしてうつむいた。

「あ、あなたが変なことを言うからです！　それに下の名前で呼ばないでください！」

「えっと、いやごめん……」

これは――結構気まずいぞ。女子と個室で二人きり。この雰囲気はいくらなんでも俺の手に余る。さっき八奈見と二人だったのは別の話だ。

ふと壁の時計を見ると、志喜屋さんとの約束の時間、１５時が迫っている。

「ごめん。志喜屋先輩を待たせてるから、そろそろ行かないと」

半ばホッとしながらそう言うと、天愛星さんが顔を上げる。

「……志喜屋先輩と約束があったんですか？」

「うん、まあ。他の部員が先に行ってるけど、俺も合流しないと」

小鞠と焼塩がいるから遅れても構わないだろうが、これ以上ここにいると俺の心臓がもたない。

立ち上がろうとした俺を　天愛星さんの小さなささやき声が追いかけてきた。


「──もう少し、いいんじゃないですか」


反射で「なにが？」と聞きかけた俺は言葉を飲み込む。

良く分からないけど、ここにいることが許可された。

……もう少し、いいか。

天愛星さんは目を逸らしながら問題集をこちらに押し出してくる。

「勘違いしないでください。まだ教えて欲しい問題があるんです」

「うん、分かった。どの問題？」

「じゃあこれを」

天愛星（てぃあら）さんの華奢（きゃしゃ）な指がトン、と問題集の上に置かれた。

薄暗い中、顔を近づけて問題に目を凝らす。えーと、どれどれ――。

「この図形問題を一緒に解いてくれませんか」

不意に耳元から天愛星さんの声が聞こえた。

天愛星さん、やたらと近くにいないか。これ、顔を向けたらどうなるんだ……？

俺が固まっていると、ズバン！　と派手な音がして扉が開いた。

「お待たせーっ！　遅れてごめんね！」

えっ、なんでこいつがここに?!

「いやー、間違って他の部屋に行っちゃっ……て……」

俺と天愛星さんは慌てて身体（からだ）を離す。

焼塩檸檬（やきしおれもん）。ここにいないはずの彼女の笑顔が、次第に困惑顔に変わっていく。

「……あれ、あたし邪魔しちゃった？」


「違うって！」「違いますっ！」


ハモる俺たちに、焼塩の表情がさらに硬くなる。

いやホント、違うんだって。俺は立ち上がると、焼塩を部屋の隅に連れていく。

「それより焼塩(やきしお)、なんでここにいるんだ？　小鞠(こまり)と一緒にいるんじゃ」

「へ？　だってカラオケとボードゲームで分かれるんでしょ？　あたし、カラオケの方がいいかなって」

え、なんでそんな話に。八奈見(やなみ)のやつ、焼塩にどんな説明をしたんだ……？

焼塩は俺の肩越し、天愛星(ていあら)さんを覗きこむ。

「ごめんね、こんなことになってるって思わなくてさ。あたし邪魔なら帰るけど？」

「ちっ、違います！　これは勉強を――その、勉強会をしていただけです！」

「そうそう！　ほら、問題集が一冊しかなかったから、隣に座っていただけだって！」

「……勉強会？」

焼塩はテーブルの問題集を手に取ると、パラパラとめくる。

「なんでカラオケで勉強？　カラオケなんだし歌おうよ」

「え、ああ、そうだな。馬剃(ばそり)さんもそれでいい？」

「はい、構いませんが――」

「そうこなくっちゃ！」

マイクを取りに行く焼塩と入れ違いに、天愛星さんが俺の隣に立つ。

「……他の女子を呼んでたんですね。内密って言葉の意味、ご存知ですか？」

「えっ？　いや、その、こんなつもりじゃ」

天愛星さんは口ごもる俺を冷たく睨むと、それ以上に冷たい口調で告げた。

「温水さん、約束はお忘れなく。達成できなければ分かっていますよね？」

さきほどまでの雰囲気が嘘のように、冷たい視線が俺を刺す。

俺、なにか悪いことしたか……？

◇

ツワブキ高校最寄りの愛知大学前駅。

天愛星さんと解散し、焼塩とホームから出た頃にはあたりは暗くなり始めていた。

通りを横切る横断歩道の信号待ちをしながら、腕時計を確認する。

時刻は夕方4時過ぎ、約束の時間から1時間が経っていた。

「やっぱ最後の一曲は余計だったって。電車1本、乗り遅れただろ」

「ぬっくんも盛り上がってたじゃん。マラカス振るの結構上手かったよ」

え、そうかな。スナップを意識したのが良かったか。

褒められて照れていると、焼塩が肘でつついてくる。

「ね、小鞠ちゃんから連絡きてる？　あたし、スマホのバッテリー切れちゃってさ」

「んー、きてるといえばきてるかな」

俺は言葉を濁しながらスマホを取り出す。ちなみに小鞠からはＬＩＮＥとＳＭＳ、電話にＥメール、ついでにツイッターのＤＭにも連絡が来ている。返事はしてない。

横から俺のスマホをのぞいた焼塩が「うわ」と声を上げる。

「フルコースじゃん。ぬっくん、悪い男だ」

……あ、また「死ね」ってメッセきた。

焼塩が目の上に掌をかざし、背伸びをして横断歩道の向こう側を見る。

ボドゲカフェは信号を渡ってすぐだが、ここからは中の様子までは分からない。

「志喜屋さんって、生徒会の美人で怖い人でしょ？　小鞠ちゃん、一人で大丈夫かな」

「小鞠も最近、あの人に慣れてきたから。１時間くらいは大丈夫だって」

目の前は片側２車線の交通量が多い国道だ。

なかなか変わらない信号を眺めていると、ボドゲカフェに一人の女性が入っていく。

――髪を後ろで二つに縛った、見覚えのある後ろ姿。焼塩が俺の服を引っ張る。

「ねえ、ぬっくん。いまのって月之木先輩じゃない？　ここに呼んだの？」

俺は首を横に振る。

今回の騒動、志喜屋さんの手を借りていることは月之木先輩には伝えていない。

そして月之木先輩がここに来たのは――偶然とは思えない。

……なにか嫌な予感がする。

ジリジリしながら信号が変わるのを待つ。

ようやく青に変わった瞬間、焼塩が走り出した。

俺は早足で横断歩道を渡りながら、焼塩の背中を追う。

あの二人の間には確かに何かがあったし、壁を感じる。

だけど顔を合わせれば言葉を交わすし、感情を露わにして言い合う姿を見たことはない。

だからこれは、きっと杞憂だ。


焼塩が不安そうな顔で走り出したのも。

月之木先輩の背中がいつにない空気をまとっていたのも。


……俺が焼塩に続いてカフェの扉を開けると、テーブルを挟んで二人が睨み合っていた。

いや、けわしい顔をしているのはテーブルの前に立った月之木先輩だけだ。

志喜屋さんはいつも通りの無表情で、椅子に座ったまま白いカラコン越しに月之木先輩を見つめている。

俺は入り口で立ち尽くしている焼塩に尋ねる。

「焼塩、なにがあったんだ」

「分かんない。あたしが入った時からこんな感じで」

二人の間でアタフタしていた小鞠(こまり)は、俺に気付くと駆け寄ってきた。

「あ、あの、月之木(つきのき)先輩に、あの人とここにいるって、言っちゃって。ごめん、あの、こんなことになるとは思って、なくて」

小鞠は目に涙を浮かべながら、木製の小さなニワトリの模型を渡してくる。

話は分かったが、なんだこのニワトリ。

「小鞠は悪くないって。それでなにがあった?」

「せ、先輩、入ってきてから、ずっと睨(にら)み合ってる」

なるほど、なにかがあるのはこれからだ。

月之木先輩は、ドンとテーブルを叩く。

「志喜屋(しきや)、あんたどういうつもり」

口火を切ったのは月之木先輩だ。

その剣幕にまるで動じず、志喜屋さんは不思議そうに首を傾(かし)げる。

「どう……って?」

「うちの子たちを構ってるのは知ってたけど、最近は度が過ぎてるよね」

「悪いの……? みんな優しいよ……」

ゆらり。志喜屋さんが立ち上がり、ウェーブした長い髪がフワリと流れる。

と、志喜屋さんの白い瞳が俺に気付いた。

その視線を追った月之木先輩が、顔を引きつらせる。

「志喜屋、今度は温水君なの？　あんたにとっては遊びなのかもしれないけど、私たちは」

「遊ぶの……悪い？」

「っ！　あんたね！」

――え、俺？　俺の話？　慌てて二人の間に割って入る。

「ちょっと待ってください！　今回のことは俺が志喜屋さんに頼んだんです。先輩の没収された本のことで力を貸してもらっていて。だから変な話じゃなくて」

「温水君、それ本当？　私のために志喜屋と――」

言いかけて言葉を失う月之木先輩。

「え？　まあそうですけど。そんなに深刻な話じゃなくて」

「先輩……古都さん……私、部長さんから……頼まれたんだよ？」

いつの間にか、志喜屋さんが音もなく俺の横に立っている。

「だからって、あんた――」

「みんなで……古都さんの後始末……してる」

志喜屋さんはどことなく挑発的に、月之木先輩に顔を寄せる。

「分かって……くれる？」

月之木先輩は微動だにせず、志喜屋さんの顔を睨みつける。

そして緊張の糸が切れる寸前、目を逸(そ)らしながら一歩後ろに下がった。

「温水(ぬくみず)君、ごめん。小鞠(こまり)ちゃんも焼塩(やきしお)ちゃんも、巻きこんでごめん」

月之木(つきのき)先輩は俺たちに深く頭を下げた。

「この件からは手を引いて。そもそも私のせいだし、ちゃんと自分で責任とるから」

顔を上げると、力なく微笑んでみせる。


「だから――志喜屋(しきや)にはあまり近づかないで」


その言葉に俺たちは静まり返る。

沈黙が場に満ちたのを見計らい、俺は言葉を選びながらたずねる。

「……それは先輩としての忠告ですか？」

「そうね、私が言えた義理ではないけど」

「話は分かりました。でも先輩は――もう文芸部のＯＧです」

「ちょっと、ぬっくん！」

焼塩が後ろから俺の肩を摑(つか)む。

月之木先輩は唇を嚙(か)みながら目を伏せる。

「……だよね。ごめん。みんなにはこれ以上迷惑かけないから」

「だから同人誌のこととか色々、現役の俺たちが何とかします。ＯＧだろうと何だろうと先輩は文芸部の一員ですから。後輩に任せて、どんと構えててください」

……これが正解かは分からない。

だけど少なくとも俺は、この面倒な先輩にずっと助けられてきた。

たくさん迷惑もかけられてきたが、受けた恩の方がまだずっと多い。

だから俺たちのために誰かを、そして自分自身を傷付ける先輩を――これ以上見たくない。

その気持ちが伝わったかは分からないが、月之木先輩はもう一度頭を下げた。

「……みんな本当にごめん。お店の方もすいません、お騒がせしました」

そして自分をジッと見つめる志喜屋さんに気付くと、迷いながら口を開く。

だけど俺たちが少しだけ期待していた、すべてを解決するひと言――そんな魔法はどこにもなくて。

「志喜屋、邪魔したね」

月之木先輩は静かにそれだけ言い残すと、店を出ていった。

立ち尽くす俺よりも、先に動いたのは小鞠だ。

「わ、私、月之木先輩、追いかける」

「ああ、頼んだ小鞠」

小鞠は頷（うなず）くと、月之木先輩を追って店を出て行く。

それからしばらくして、店内にようやくざわめきが戻ったころ。

悄然と佇んでいた志喜屋さんが、財布からお札を取り出してテーブルに置いた。

「ごめん……払っておいて……」

志喜屋さんはおぼつかない足取りで店を出ていく。

追いかけるべきか迷う俺の背中を、焼塩がそっと押してくる。

「ぬっくん、行ってあげて」

「……俺が行ってもいいのかな」

志喜屋さんはたったいま、仲の良かった友人に拒絶された。

その側に俺がいる意味とか理由とか、答えの出ない考えが頭をめぐる。

「こんな時って、一人になりたくなるけどさ」

今度は力強く、焼塩が俺の背中を押す。

「同じくらい――一人だと心細いの」

焼塩の深い茶色の瞳は、言葉ではない何かを伝えてきて。

店を出た俺は何故か火照る頰を押さえながら、暗くなった空を見上げた。


雨が降りだした。

◇

志喜屋さんは通り沿いの歩道を、ツワブキ高校方面に歩いていた。

冬のか細い夕暮れは、まばらに降る冷たい雨に簡単にかき消されて。

すっかり暗くなった志喜屋さんの足下を、行きかう車のヘッドライトが照らしていく。

俺は走って追いつくと彼女の隣に並んだ。

「大丈夫ですか？　あの、どこに行くんですか」

「おうち……帰る……」

志喜屋さんはいつものように力なく、だけど子供のような口調で呟いた。

「家はどこです。途中まで送──」

ザッ、という音を追いかけるように、雨足がさらに強まった。

そのまま歩こうとする志喜屋さんをうながして、近くのマンションの軒下に入る。

日没前なのに、空は塗り潰したように暗い。

俺はホッと息をつくと、隣の志喜屋さんに視線を送る。

濡れた前髪から伝う雫が志喜屋さんの白い頬を伝っている。

上着のポケットを探った俺は、ハンカチをどこかに忘れてきたことに気付く。

いざという時に締まらない、いつもの俺だ。

「雨やみませんね。どこかで傘を買ってくるので、少し待っててもらっていいですか」

「大丈夫……タクシー……呼んだ」

志喜屋さんは雨に濡れたスマホの画面を無表情に眺めている。

スマホのバックライトに照らされた顔色は、いつも以上に青ざめているように見えた。

「寒くないですか？」

「……分かんない」

志喜屋さんは力なく呟いた。

寒さが分からないほど体調が悪いのだろうか。不安に思っていると、

「古都さんの言うこと……分かんない」

さらに弱々しく呟く。

「えっと、あの人はたまに一方的な時がありますから。あまり気にしすぎないでください」

「そう……かな」

志喜屋さんは額に貼りついた前髪を指先でつまみながら、首を傾げる。

「私……君たちの迷惑だった……？」

「え、いや、そんなことないです。今回は俺たちからお願いしたんですし」

俺はポケットの奥で見つけたティッシュを差し出す。

「ありがと……優しいね」

志喜屋さんはティッシュを一枚抜き取ると、濡れた額を拭く。

「妹が入れておいてくれたんで。優しいってほどじゃ」

ティッシュ一枚で優しいとか言われるなんて、ラブコメみたいだな。

そんなことを考えていると、志喜屋さんの指先がチョンと俺の指に触れる。

「じゃあ……いまだけ……優しくして」

え？　それって——。

固まる俺の手に、再び指が触れる。

つまりこれは……手を繋いでってこと？

いや、待て。これは真に受けて手に触れたら、セクハラになるやつだ。

頭ポンポンが流行ったころには、勘違いによる数々の悲劇が起きたという。

「あの、志喜屋先輩……？」

返事はない。

志喜屋さんは俺と肩が触れるほどの近い距離で、身じろぎもせずに立っている。

タクシーはまだ来ない。

また、志喜屋さんの指先が微かに触れて、離れる。

三度それを繰り返し、四度目に触れた指先は——俺の手から離れなかった。
……そのまま、どれだけ時間が経ったのか。
多分、そんなに長い時間ではなかっただろうけど、俺にはとても長く感じて。
だから、志喜屋さんの指が離れようとした瞬間、俺はその手を握った。
志喜屋さんの指はとても華奢で、冷たくて。
彼女は小鳥でも握るように、そっと俺の手を握り返してきた。
恋愛感情とかそんなものより、もっと単純な。
ただ人に触れていたい、その気持ちが痛いほどに伝わってくる。
志喜屋さんの横顔は、いつも通りに無表情で。
俺はその時、初めて気付いた。
この人は、涙を流さずに泣く人なんだ。

Intermission　～彼氏彼女じゃない事情

「えっと、俺ちょっとトイレに行ってきます……」

日曜日のカラオケボックス。

温水が逃げるように席を立つと、部屋には焼塩と天愛星の二人だけになった。

舞い降りた沈黙。焼塩はウーロン茶を一口飲むと、天愛星の隣に席を移した。

「ねえ、馬ちゃん」

「馬……？　えっ、それ私ですか？」

焼塩は当然とばかりに頷くと、マイクを突き付ける。

「それでは質問です。馬ちゃんは、ぬっくんと付き合ってるの？」

「はいっ⁈　ど、どうしてそうなるんですかっ⁈」

キィィ――――ン。天愛星の金切り声に響くハウリング音。

焼塩はそれには構わず、さらにマイクを突き出す。

「さっきの二人の距離、どう見てもそれじゃん。普通、勉強会であんなにくっつかないよね？」

「そ、それは――――っ！」

天愛星はマイクを奪い取る。

「問題集が一冊しかなかったからです！　なにか問題がありますか?!　私が男子と一緒に勉強したら、なにかおかしいんですか?!」

一気に言い切った天愛星は、ゼイゼイと息をつきながらマイクを焼塩に返す。

「えーと……そうだね、なにもおかしくないよね」

焼塩は勢いに押されて頷くと、パチンとマイクのスイッチを切った。

天愛星は冷めたお茶を飲み干すと、落ち着いた口調で話し出す。

「温水さんとは少し縁がありまして、勉強会をしていただけです。焼塩さんこそ、彼とどういう関係なのですか？」

「へ？　あたしは同じ文芸部だし。今日は呼ばれて――」

言いかけた焼塩は、眉をしかめて天井を見上げる。

「あれ、あたし呼ばれてたっけ……？」

「え、どういうことですか？　あなた呼ばれてもいないのに来たんですか？」

焼塩は腕組みをして首を傾げる。

「んー、なんか良く分かんないんだけどさ。よくよく考えれば、はっきり言われてないけど――気がついたらカラオケ行く流れになってたの」

「……なるほど」

天愛星は合点がいったように深く頷く。

「それは結婚サギ師の手口の一つですね」

「へっ？　結婚サギ？」

「はい。どちらにも採れる言動で相手を誘導しつつ、責任を回避する技術です。『結婚しよう』ではなく、『借金があるから君とは結婚できない』と、結婚したい相手に言われたらどうします？」

「借金はヤバいでしょ。あたしも協力するから、頑張って返――」

なにかに気付いたように、ポンと手を叩く焼塩。

「ようやく気付きましたね。つまり借金を代わりに返せば、結婚できるかのように誤認させるのです。つまり温水さんは、高校生にして結婚サギ師の手口を使用していることになります」

「あたし、結婚サギにあってるの？　でも連絡してきたのは八奈ちゃんだけど」

「それが誰かは知りませんが、第三者やサクラを用意するのも典型的な手口です」

天愛星は温水が出て行った扉を、ジロリと睨みつける。

焼塩は天愛星のけわしい表情を不思議そうに眺める。

「でもぬっくん、そんなタイプじゃないと思うけどなー。もっと無意識というか天然というか、駆け引きとは無縁な感じだし」

「まあ確かに。彼はそんな気の利くタイプではないですね。結婚サギ師に必要な適性に欠けています。今日だって大体、彼は無神経で……」

天愛星はブツブツ言いながら水筒からお茶を注ぐ。

「馬ちゃん、なにかされたの？」

「なにかされたわけではありませんが。相手にかかわらず、女子は出かけるだけでも準備が大変じゃないですか」

「えー……うん、まあそうだね」

軽くうそぶく焼塩。

「別に気付いて欲しいわけではありませんけど、温水さんって女子の努力に無頓着というか、鈍感なところがありますよね」

「あー、分かる。ぬっくん、そーゆーとこあるよね。好きになった子は、きっと苦労するよ」

「ええ、いわゆる女の敵ですね」

「ホントぬっくん、許せないなー」

二人は顔を見合わせて、楽しそうに笑いだす。

と、扉を開けた温水が、恐る恐る顔をのぞかせた。

「……え、なに？　どうして二人して俺を見てるの？」

「こーゆーとこだね」

「はい、こういうとこですね」

再び笑いだす二人を前に、温水はあきらめ顔で溜息をついた——。

～3敗目～　私の心に名前をつけて

12月21日、月曜日の朝。
空は昨日の雨が嘘のように晴れ渡っている。
いつもより1時間早く登校したにもかかわらず、学校はすでに『起きて』いた。
朝早く来ているのは運動部だけではない。
音楽室から漏れる楽器の音は、大会を控えた吹奏楽部だ。
それを聞きながら西校舎に入ると、静まり返った美術室には明かりが点いている。
生徒がいるということは先生もいる。
西校舎の端、文芸部の部室前。欠伸をしながら腕時計を見る。
いつもなら着替えを手伝おうとする佳樹を部屋から追い出している時間だ。
中から人の気配を感じる。俺はそのまま扉を開けた。
「おはよう温水、久しぶりだな」
化学の参考書から眠そうな顔を上げたのは、前部長の玉木慎太郎。
追い込み中の受験生で、月之木先輩の彼氏だ。
「昨日、古都から話を聞いたよ。色々大変だったみたいだな」

苦笑しながら言う玉木先輩に、俺も苦笑いで返す他ない。

「黙っていてすいません。もっと早く言うべきでした」

昨夜、会って話がしたいと伝えると、朝の部室を指定された。

月之木先輩と志喜屋さん。過去になにがあったのか、おそらくこの人なら知っているはずだ。

「古都に口止めされてたんだろ。立ってないで座ってくれ」

俺は向かいの椅子に座る。

「最近、俺も自分のことに精一杯だったしな」

玉木先輩は再び参考書に目を落とすと、付箋を一枚はがしてページに貼った。

「そういえば理転するんですよね。受験の準備、間に合いそうですか」

――理転。文系クラスにもかかわらず、理系の学部を受けるのだ。

3年の二学期からの進路変更は決して簡単ではない。しかも受ける大学は、県内でも最難関の国立大学だ。

「一応、こないだの模試じゃA判定だったぜ。元々国立志望だったのが、せめてもの救いだな」

「凄いじゃないですか。それで月之木先輩の方は」

苦笑いの笑い抜き、といった表情をする玉木先輩。

「名古屋の希望学科がある私立を、片っ端から受けるらしい。模試の判定は――まあそこそこだな」

どう転ぶにせよ、二人は春から進路が別々だ。

月之木先輩だけではなく、玉木先輩もきっと不安に違いない。

進学をきっかけに別れるなんて、よく聞く話だ。

「そんな大変な時期に呼び出してすいません」

「温水は悪くないんだから謝るなって。先生と生徒会には俺が話しにいくから、没収された同人誌のことは任せてくれ」

そう言って、心配するなとばかりに笑う。

笑い返そうとしてこわばった俺の表情に気付いたか、先輩が眉をひそめる。

「どうした、他になにか問題があるのか?」

「それが本のことは先生や生徒会長も知らないどころか、直接かかわってるのは副会長だけなんです」

はっきりと困惑の色を顔に浮かべる玉木先輩。

「副会長って、一年生の馬剃さんだよな。どうしてあの子が一人で?」

「どうもあの人、文芸部——というか、月之木先輩に思うところがあるようで」

俺は朝っぱらから、深く重い溜息をつく。

「……同人誌を取り返そうとしたら、反対に取引を持ちかけられました。本を返して欲しければ、私の願いを聞いてくれって」

「願い？　まるで脅迫だな」

まるでどころか完全に脅迫です。そのお願いというのがですね」

「……いうのが？」

俺は一瞬溜めると、先輩の顔を正面から見すえる。

「――志喜屋さんと月之木先輩の仲に決着をつけろ」

その言葉に、先輩の顔色が変わる。俺はそれを確認すると身を乗り出した。

「二人の間になにがあったんですか」

俺の問いかけに、玉木先輩は目をつぶって深く考え込んだ。

そしてゆっくりと首を横に振る。

「……悪い、その答えは少し考えさせてもらっていいか」

「ええ、分かりました」

二人の間になにがあったのか。いや、玉木先輩の思わせぶりな態度からすると――。

俺は考えを打ち切ると、自嘲気味に苦笑する。そこに踏みこむのは今ではない。

今考えるべきはどう解決するかだ。

「でも先輩の力が必要です。手を貸してもらえませんか」

「それは構わないが。なにか考えはあるのか？」

「問題に決着をつけられるのは、本人たちしかいないでしょ。二人に会って、話をしてもらおうかと」

　そう言うと、玉木部長は拍子抜けした顔をする。

「言って素直に会うと思うか？　特に古都が」

「思いませんね、特に月之木先輩が」

　しかも昨日、衝突したばかりの二人だ。

　だけど今なにもしなければ、溝は決して埋まらなくなる。

「仲がこじれてる以上、なにかしらの言い訳が必要なんです。非日常だったり、共通の敵だったり。なんらかのきっかけがないと」

「話は分かるけど、具体的にどうするつもりだ」

「えっと、ちょっとこれ借りますね」

　俺は玉木先輩の筆箱から消しゴムを取り出すと、テーブルの真ん中に置く。

「例えば玉木先輩が月之木先輩と待ち合わせをします。で、志喜屋さんも同じ場所、同じ時間で誰かと待ち合わせをするんです」

　次は蛍光ペンのキャップを外すと、その横に立てる。

「そしてお互いが相手に気付くと同時に、待ち合わせ相手から連絡が入るんです。少し遅れるから、そこで待っていてくれって」

「だまして二人を会わせるのか？」

「むしろ、お膳立てされたことが本人たちに伝わらないといけません。俺たちが『共通の敵』にならないと」

「……やってみるか」

玉木先輩は立てたキャップに、消しゴムをコツンと当てる。

コロコロと転がったキャップは、円を描いて元の場所に戻ってきた。

「本当に上手くいくかは賭けですけどね」

「そのシチュエーションで逃げ出すようなら、もう『決着』はついてるだろ」

そうかもしれない。

仲直り。それは結果の一つであって正解とは限らない。

そして天愛星(ていあら)さんに出された条件は『決着をつける』だ。

「じゃあ二人をどうやって呼び出すかだな」

先輩はスマホを取り出すと、画面をジッと見つめる。

「今週の木曜日がクリスマスイブだろ。夕方、古都と駅前のイルミの前で待ち合わせて、一緒に食事に行く予定なんだ」

クリスマス——駅前のイルミネーション。

「去年のリベンジですか」

二人がまだ付き合っていなかった、1年前のクリスマス。

イルミネーションを前にして、玉木先輩は絶好のチャンスにやらかした。

紆余曲折あって最後は上手くいったのだが、その過程には色々あった。うん、色々と。

「そこに志喜屋さんを呼び出すのはどうだ。温水言うところの『非日常』をクリアしてるぞ」

「でも先輩はいいんですか？　付き合って初めてのクリスマスじゃないですか」

「ディナーまでは譲らないぜ。それに俺と古都には来年も、その先もあるだろ」

玉木先輩は少し困ったような、いつもの笑みを浮かべる。

「志喜屋さんが考えてることは俺にも分からないけどさ。あの二人が仲良かった頃も知ってるから、このままで終わるのも少しな」

「さみしいですか？」

「むしろ、責任を感じるってところかな」

——責任。聞き返す間もなく、先輩は荷物を片付け始める。

「木曜日の18時、駅前デッキのイルミ前。そこに古都が来るはずだから、温水は志喜屋さんを呼び出してくれ」

「分かりました。月之木先輩がいることは知らせずに、ですね」

玉木先輩が部屋を出た後も、俺は部室に残って頭の中を整理する。

２４日の夜、志喜屋さんを駅前のイルミネーションの前に呼び出す。その先は当日考えるしかないな。

……ん？　ちょっと待て。１２月２４日ってことは。

俺は志喜屋さんを——クリスマスイブに誘うのだ。

「それじゃー、あたし補習行ってくるね」

放課後の部室。焼塩(やきしお)が肩を落としながら出ていくと、部屋には俺と小鞠(こまり)の二人になった。

赤点で部活禁止の焼塩が文芸部室に出入りするのはどうなんだろうか。でも文芸部って、いつもは部室でダラダラしているだけだしな……。

俺はそんなことを考えながら、スマホのカレンダーを起動する。

——計画は２４日の夜。

今日は２１日だから、すぐにでも約束を取り付けないといけない。

つまりそれは、クリスマスデートを志喜屋さんに申し込むということで——。

「……いや、たまたま２４日なだけだよな。うんそうだ、変な意味はないんだ」

自分を納得させようとブツブツ呟(つぶや)いていると、小鞠(こまり)がジト目を向けてくる。

「ど、どうした温水(ぬくみず)、げ、幻覚でも見てるのか」

失礼な。たまに妄想と現実の境が怪しくなるが、いたって健康だぞ。

「ちょっと考え事してただけだって。そういや小鞠、イブの夜――」

言葉をさえぎるように部室の扉が開いた。

おずおずと顔をのぞかせたのは八奈見(やなみ)だ。

「……どうも。ちょうど二人そろってるね」

「どうしたの、そんなにかしこまって」

「ええと、二人にお詫(わ)びしようと」

八奈見は気まずそうに、髪の毛を指先にクルクルと巻き付ける。

お詫び？　顔を見合わせる俺と小鞠に向かって、八奈見が勢い良く頭を下げた。

「昨日はごめんなさい！」

「え、なんのこと？」

「檸檬(れもん)ちゃんのこと！　私の伝え方が悪くて、カラオケの方に行っちゃったじゃん？　檸檬ちゃんになにがあったか聞いてさ、謝んないとって」

あー、そういえばそうだったな。でも焼塩(やきしお)だし。

「そうかもしれないけど。ボドゲカフェの方に焼塩がいても、結果はあんまり変わんなかったんじゃないか？　そもそも俺が遅れたのがいけなかったんだし」

小鞠がコクコクと頷く。

「そ、それに私が月之木先輩に、怖い人と一緒にいるって、言っちゃったから」

確かにそうだな。そもそも、あの人が来なければもめなかったんだし。

「じゃあ小鞠が悪かったということで」

「し、死ね」

自分で言ったくせに。

だけど八奈見がこんなに反省するなんて珍しい。

ひょっとして俺の知らない何かがあるのかもだけど、いまはそれを責める気もない。

「それよりも八奈見さん。24日の夜ってなにしてる？」

突然変わった話題に、困惑気味に目をしばたかせる八奈見。

「へ？　普通に家族と過ごす予定だけど」

「駅前にイルミネーションあるだろ。付き合って欲しくてさ」

そう、志喜屋さんを一対一で誘うから変な感じになるのだ。複数ならそんな心配をする必要はない。

「へっ?!　いやあの、えっ、本気なの？　ええっ?!」

八奈見は妙にワタつきながら、俺と小鞠の顔を交互に見比べる。

急に誘った俺が悪いとはいえ、そんなに迷惑がられるとちょっとショックだな……。

「ごめん、無理なら大丈夫だよ。じゃあ——小鞠」

「うなっ?!」

俺が視線を向けると、小鞠がビクリと震える。

「よければイブの夜、付き合ってくれないか」

「し、死ねっ！　五回くらい、死ね！」

ええ……なんか知らんがヒドイ言われようだ。

まあ、いきなりイブの予定を開けろとか無茶振りだったかもしれない。

「仕方ないな。じゃあ焼塩に聞いてみるか……」

言いながらスマホを取り出すと、

「「は?」」

八奈見と小鞠は低い声でハモると、椅子に座る俺を左右から挟み込んできた。

え、なんだなんだ。なんでこいつら、こんなにピリピリしてるんだ……?

腕組みをした八奈見がジロリと俺を見降ろす。

「温水君、そこに座りなさい」

「え？　座ってるけど」

俺の完璧な答弁も通じない。八奈見は親指を真下に突き出す。

「――床」

はい？　なんで俺がそんなこと。

「いや、ちょっと待って。なあ小鞠、なんとか言ってくれ」

「つ、つべこべ、言うな」

!?　小鞠までどうしたというのだ。

生ゴミを見る目を向け――てくるのはいつものことだが、これはあんまりではなかろうか。

「だから落ち着いてくれ。なんか俺が悪いことでもしたのか？」

無言で見降ろしてくる二人。

プレッシャーは強烈だが、俺も男だ。こんな理不尽に負けるわけにはいかない。

「だから俺は――ええと……その……はい、分かりました」

とはいえ、引くべきところは引くのも大人の対応ではなかろうか。

大人しく床に正座した俺に、八奈見が冷たい瞳を向けてくる。

「温水君。あなたは自分が何をしたか分かっていますか？」

え、なにをしたかって？　えっと確か――。

「駅前のイルミに一緒に行ってくれないかって……」

「私の後、すぐに小鞠ちゃんにいって、断られたら檸檬（れもん）ちゃんを誘うとか。一体どういうつもり？」

どういうつもりなにも。

「だってほら、志喜屋先輩を誘わないといけないし――」

「はいっ!?　次はあの先輩？　温水君、見境なさすぎでしょ?!」

「あれ、言ってなかったっけ。玉木先輩と相談して、月之木先輩とあの人を引き合わせることになったんだ。それで志喜屋先輩を２４日の夜に呼び出すことになったから……手を貸して……もらおう……かと……」

なぜだ。八奈見と小鞠の形相が、さらにけわしくなっていく。

「えーと、俺なんか変なこと言った？」

怒りで顔を赤くした二人は、

「そういうとこだよ温水君！」

「や、やっぱり、死ね！」

口々に言い捨てて、俺に背を向ける。

ええ……なんなんだ。ちょっと説明し忘れていただけじゃないか。

「それでやっぱり二人とも、イブの夜は……？」

八奈見が肩越しにジロリと睨んでくる。

「悪いけどその日、家族でご飯食べに行くから。どうぞ勝手にしてくださーい」

小鞠も舌打ちしながら俺を睨む。

「わ、わたしも、チビスケたちとケーキ食べるから。ひ、一人で死ね」

なんかやたら当たりキツイぞ。

この流れで焼塩に声をかけても、後からなに言われるか分かったもんじゃないな。やはり俺一人の力で志喜屋さんを誘うしかないのか。

でもなんか、昨日の今日で志喜屋さんには声をかけづらいんだよな。

握った冷たい手の感触。

海水浴で強引に摑まれた焼塩の力強い手とも、甘えるように繋いでくる佳樹の子供っぽい掌とも違う、ガラス細工のように華奢な手が俺の指に――。

……いや、あの人はそんなつもりで俺に手を伸ばしたんじゃない。

少なくとも手を触れあったあの瞬間。そこには恋愛感情も下心もなかったと、そう思う。

俺は目をつぶると、昨日そこにあった感情を丁寧にたどる。

志喜屋さんの心細さや悲しみ――そして隣にいた俺の感情――。

考えるほどなぜかぼやける自分の気持ちを不思議に思いながら最後にもう一度、志喜屋さんの雨に濡れた横顔を思い出す。

拒絶された時の彼女が、すごく寂しそうな顔をする――天愛星さんの言葉だ。

天愛星さんの見た横顔が俺と同じなのかは分からないけど、感じた気持ちはきっと遠くはないはず。

俺は覚悟を決めると、ゆっくりと目を開ける。
そこにはいつも通りの部室の光景が、いつもより低い視線で広がっている。

それはそうと……俺はいつまで床に座っていればいいんだ？

その日の晩。俺は自室のカギを念入りにチェックした。
よし、これで誰も部屋に入ってこれないぞ。
俺は制服に着替え直して姿見に全身を映す。
そして斜め４５度の決め顔で口を開く。
「今週の木曜日、俺と豊橋（とよはし）駅のイルミを見に行きませんか」
……決まった。結構さまになってるぞ。
なにしろ先輩女子をイブのお出かけに誘うのだ。本番に備えた練習は欠かせない。
少し強引でもバシッと決めないとだが、イルミって略すのは気取りすぎかな。
もっとさり気な方がいいのか……？
ゴホン。咳払（せきばら）いをすると、俺はもう一度姿見の前でポーズをとる。

「そういえば駅前のイルミネーション、今年も始まってますね。よければイブの夜、一緒に見に行きませんか？」

こっちは気取らず自然な路線だ。これなら世間話の途中に切り出せるぞ。

「お兄様、もう少しオブラートに包んだ感じで言ってみたらどうですか」

「それだと誘っていると気付かれずに、サラッと流されないかな」

「その場合、あえて流されているんです。いいですか、異性に誘われた女子がそれに気付かないなんてあり得ません」

え、そうなんだ。女子って怖い。

「……って、なんで佳樹が部屋にいるんだ？ ドアにカギをかけてただろ」

「あら、カギなんてかかってませんでしたよ。借りてた本を返しに来ました」

佳樹はニコリと微笑みながら、本を手渡してくる。

部屋のカギ、いつの間に開いてたんだ？ ちょくちょくこんなことがあるから、修理した方がいいかもしれないな……。

佳樹のやつ、当然の顔してベッドに座ったし、長居する気のようだ。

仕方ない。俺は机に向かうとカモフラージュで教科書を開く。

「さ、お兄ちゃんは宿題があるから。佳樹は戻りなさい」

「お兄様、イブの夜にどなたかお誘いするのですか？」

……スルーしてくれないようだ。俺はわざとらしく教科書に顔を近づける。

「えっとまあ、ちょっとな。ほら、もう遅いから寝なさい。明日、起きられなくなっちゃうぞ」

そのまま宿題するフリをしていると、背後からすすり泣きが聞こえてきた。

俺は慌てて振り返る。

空耳ではない。佳樹（かじゅ）はポロポロと涙をこぼしている、

「どうした、佳樹?!」

「だって……だって……一学期のころはお友達もいなかったお兄様が、女性とイブにデートなんて……佳樹、嬉しくて嬉しくて……」

チーン。ティッシュで鼻をかむ佳樹。

「いや、そういうんじゃないから。ちょっと事情があって――」

「複数の女性を取っ替え引っ替えしていた時期は、さすがの佳樹もどうかと思いましたが」

「そんな時期はなかったけど？」

佳樹は涙を拭（ぬぐ）いながら立ち上がる。

「お兄様がついに本命の方を決めたのです。協力は惜しみません。面接も後回しです！」

でも面接はするんだ。佳樹は瞳を潤ませ、俺の頭をギュッと抱きしめてくる。

「イブのデートが上手くいったら、そのあとは佳樹にお任せください！　温水（ぬくみず）家に迎え入れる準備はばっちりです。一緒におせち料理を作るのもいいですね。３０冊を超えた『お兄様ノー

ト』も少しずつ引き継いでいかないと――」

え、お兄様ノートってなに。気になるけど聞くのが怖い。冊数も怖い。

「だから佳樹、聞いてくれ。一緒に出掛けるだけで、デートとかそういうわけじゃ」

俺は佳樹を引きはがす。

「でもお兄様、イブの夜ですよね」

「まあ、たまたまそうだけど」

「それはデートです。少なくともデートのお誘いです」

「っ……！」

佳樹の力強い断言に、俺は思わず言葉に詰まる。

考えないようにしてた『デート』の三文字が、俺の頭を支配する。

「お兄様のお誘いを断る人なんていません。でも万が一、断られた時は――」

佳樹は再び俺の頭を強く抱きしめる。

「安心してください、お兄様には佳樹がいますよ」

「お、おぅ……」

むしろ不安ばかりが増していく。

そんなクリスマスイブまで――あと３日。

◇

昼休み、俺はカレーパンを片手に旧校舎の廊下を歩いていた。

今日は水曜日、クリスマスイブの――前日だ。

あれから2日がたっているが、志喜屋さんは誘えていない。

……最初に言っておくが俺は頑張った。具体的になにをしたわけではないが、とにかく頑張ったのだ。

こういうのはタイミングが大切だし、俺は決してヘタレたわけではない。その証拠に昨日の晩も佳樹とたくさん練習をしたし。

自分に言い訳をしながら、非常階段に続く扉を開ける。吹きつける冷たい風。

しばらく来ていなかったが、１２月も終盤だとかなり冷える――。

「ぬ、温水、来たのか」

その声に顔を上げると、階段に腰かける小鞠の姿。

「小鞠、こんなに寒いのに――」

言いかけた俺は、小鞠の姿に思わず呆れる。

小鞠はモコモコの耳当てを付け、首にはマフラー。綿入りのハンテンを羽織り、ひざ掛けまで用意している。さらに床からの冷え対策に、座布団まで敷く用意周到ぶりだ。

「なんか凄い格好だな。それ全部、持ち歩いてるのか？」

ニヤリと笑うと、壁を指差す小鞠。

「す、少しずつ持ちこんで、そ、そこの点検口の中にフックかけて、バッグをぶら下げてる」

こいつ、非常階段ライフを堪能してやがる。

「ぬ、温水、ここ来るの久しぶりだな」

そう言ってパンをかじる小鞠。

こいつが食っているのは、国民的食物系ヒーローのスティックパンだ。きっと、チビスケの食べ残しに違いない。

だけど誰にも会いたくなくて来たのに、当てが外れたな……。

別の階に行こうか迷っていると、小鞠がさらに声をかけてくる。

「あ、明日の件、上手くいったのか？」

明日の件――志喜屋さんを誘う話だよな。

黙る俺を見て、小鞠がヤレヤレ顔で首を振る。

「メ、メッセとかじゃダメなのか」

「それも考えたんだけどさ。そもそもイブの日に女子を誘っても、断られる可能性が高いだろ」

「ま、まあそうだな、温水だし」

一言余計だ。

「俺が言いたいのはだな、ＬＩＮＥとかで誘っても十中八九スルーされるじゃん。改めて直接聞いて、『あえてスルーしてるのに空気読めよ』的なオーラ出されたりしたらキツくない？」

「さ、誘ってから心配しろ」

そうかもしらんが、男の子は繊細なのだ。

「まだ今日の放課後があるから心配するな。未来の俺、うまくやるって」

「そ、その未来、すぐにくるぞ……」

あまり考えても仕方ない。手すりに背中を預けてカレーパンをかじっていると、小鞠（こまり）が挙動不審な態度で目を泳がせている。

「どうした小鞠、誰か待ってるのか？」

「ち、違う、けど。えっとその、こ、これ」

小鞠は唐突に小さな包みを差し出してきた。

この包装紙には見覚えがある。天愛星（ていあら）さんとクレープを食べたとき、小鞠が落としたやつだ。

「え、俺に？」

小鞠は目を伏せたまま無言で頷（うなず）く。

突然の贈り物、これはどういう意図だろう。

恐る恐る包みを開けると中には栞（しおり）が入っていた。

薄い金属製で、和風の模様がくりぬかれたデザインだ。普通にオシャレでカッコいい。

「クリスマスのプレゼント交換か。俺、なにも用意してないけど」

「ちっ、ちが——あの、それ温水、だけ」

「え、じゃあこれって誕生日プレゼント？」

まさか小鞠がそんなものをくれるとは。

拾った猫が初めてエサを食べたような感動を覚えつつ、俺は栞の模様を透かす。

「ずいぶん細かいな。これ、結構高かっただろ？」

「そ、それほどでも……」

「この模様って川の流れと紅葉なんだな。それと丸いのは——手鞠か？」

「…………だ、黙れ」

なんで俺、怒られた。

「俺、変なこと言ったか？」

「だっ、だから……そういうとこだ、ぞ！」

小鞠はひざ掛けを頭からかぶると、その中でパンをモサモサと食べ始めた。

えー、わけ分からん。知らん間に地雷でも踏んだのか。

だけど、あの小鞠が俺にプレゼントか。なんだかずいぶん遠くに来た気がするな。

俺は栞越しに空を眺める。

冬の空は雲一つなく高く澄んでいて、予報では明日の晩も快晴だ。

――やるしかない。決行は放課後だ。

俺は自分に気合を入れながら、カレーパンにかじりついた。

◇

ついに放課後だ。生徒会室に続く廊下の真ん中で、気合を入れようと両手で頬を叩く。

「よし、俺はやるぞ」

俺ならできる。ただ志喜屋先輩をイブのデートに誘うだけだ。

イブの……デートに……。

やっぱＬＩＮＥで誘おうかな。でもきっと返事がくるまで何も手につかなくなるし、スルーされた場合、次の行動に移るタイミングが――。

「……先生、寂しい」

突然、後ろから掌が俺の目を覆う。

俺は手を振り払うと、素早く距離を取る。

「うわ、小抜先生いきなりなんですか」

「来るって言ったのに、全然保健室に来てくれないじゃない」

「すいません、最近忙しかったので」

　完全に忘れてたが嘘はついていない。忙しかったし。

「でもツワブキ祭の頃は、あんなに通ってくれたでしょ？」

「だって、あのころは用事がありましたから」

　小抜先生がジリジリと距離を詰めてくる。俺はジリジリと距離を取る。

「用が済んだらポイなの？　先生、君たちをそんな風に育てた覚えはないよ」

　育てられた覚えはないが、ここは大人の対応だ。

　俺は距離を一定にたもちながら、とっておきの営業スマイルを向ける。

「先生は顧問なんだし、いつでも部室に来ていいんですよ」

「だって放課後って部活で怪我人出るかもでしょ？　保健室にいないと怒られるんだもん」

　だもんって。

「じゃあいまは保健室にいなくても大丈夫なんですか？」

「明日の職員会議の打ち合わせがあるのよ。……温水くん、なんで先生が近づくと逃げるの？」

「近づいてくるからです。今度みんなで遊びに行きますから、どうぞ安心して打ち合わせに行ってください」

　俺の大人も品切れだ。塩対応で追い払おうとしていると、

「小抜先生、こちらにいらっしゃいましたか」

廊下に凛とした声が響いた。

声の主は生徒会長、放虎原ひばり。長い髪をなびかせて小抜先生に歩み寄る。

「放虎原さんじゃない。どうしたの？」

「頼まれていたアンケートをお持ちしました。集計表もこちらに」

「あら、助かるわ。今度お礼をするから保健室にいらっしゃいな」

「生徒会として当然のことをしたまでです。気になさらないでください」

先生、会長にも微妙に避けられているのは気のせいか。

この隙に去ろうとしたが、先生が素早く回りこんできた。

「……先生を置いてどこ行くの？」

「ちょっと用事があって。先生こそ、これから打ち合わせでしょ？」

「少しくらい遅れていいのよ。さあ先生と恋バナの続きをしましょう」

恋バナなんてしてたっけ。

俺が困っていると、会長が隣に並んできた。

「先生、すいません。文芸部の活動について部長と話がありまして。彼をお借りしてよろしいでしょうか？」

初耳なんだけど。

戸惑う俺の前で、小抜先生が残念そうに髪をかき上げる。

「あら……そういうことなら仕方ないわね。温水君、羽目を外しちゃダメよ？」

謎の忠告にとりあえず頷いていると、会長が俺の肩に手を回してくる。

「温水君、お許しが出たぞ。さあ行こうか」

「え、あの」

会長は新校舎に向かって強引に歩き出した。

しばらく進むと、会長はチラリと背後に視線を送る。

「あの先生にも困ったものだな。生徒思いだが、時折いきすぎることがある」

会長の苦笑いに、俺を助けてくれたのだと気付く。

「すいません、気をつかってもらって」

「なに、会長として当然のことをしただけだ」

それはそうとこの人、いつまで俺の肩を抱いているのかな……こっちから言うのも、嫌がってるみたいでなんか悪いし……。

「えっと、自分はこれから志喜屋先輩に用事があるんですが」

「志喜屋ならグラウンドだ。備品確認で体育倉庫にいるはずだから、途中まで送ろう」

え、そうなんだ。そして下駄箱まで一緒に行くのか。

俺の浮かぬ顔を知ってか知らずか、会長は口元に笑いを浮かべる。

「それに話があるというのは本当だ。君は最近、志喜屋とよく一緒にいるだろう。ずいぶん仲が良いのだな」

「え、いや、仲が良いというほどでは」

俺とあなたのナマモノ同人を取り戻すため一緒にいる——とか、言えないよな。

考えこむ俺を見て、声を出して笑う会長。

「隠さなくてもいい。事情は全て分かっている」

「え、会長は知ってたんですか!?」

マジか。この人、自分の男体化（なんたいか）ナマモノ同人を知っても動じないのか。

驚く俺の前、会長は上機嫌で回した腕に力を入れる。

「私の目は節穴ではないぞ。つまり君は——恋をしているのだろう？」

「違います」

会長の目、節穴だった。

「なに、恋に身を焦がすのは若者の特権だ。たとえ叶わぬ恋だとしても」

しかも振られる前提だ。

否定するのも面倒なので黙っていると、会長は急に真面目な口調になった。

「それと副会長の天愛星（てぃあら）君は知っているな」

「まあ、一応は」

「最近どうも隠し事をしているようだ。なにか心当たりは？」

「え？　いや、なんで俺に」

「さて、どうしてだろうな」

会長は回した腕をはなすと、素早く俺の前に立ち塞がる。

「人の道を外さぬ限り、恋愛は自由だ。だが言い換えれば、道を外す者には恋をする資格はない。そうは思わないか？」

会長が俺を鋭い視線で射すくめる。

「えっと……どういう意味ですか」

「この学校には人目に付きにくい場所がいくつかある。先日、天愛星君が男子生徒とそういった場所に入るのが目撃されている」

それ、俺だ。

動揺を隠し切れない俺に、会長が詰め寄ってくる。

「最近はどこか様子もおかしい。尊いとか右固定とかスパダリ受けとか——謎の言葉を発したり、落し物のネクタイを手に私をジッと見つめてきたり」

なるほど、天愛星さんはもうダメだ。

「えっと、彼女には色々と相談に乗ってもらってまして」

「ほう……恋の悩みというわけか？」

「ええまあ、そんなとこです。そういうわけなのでこれ以上はちょっと」

「なるほどな、これ以上は聞かぬが花というやつか」

会長はすべて分かったと言わんばかりに俺の肩を叩く。多分、全然分かっていない。

と、廊下の角を曲がって一人の男子生徒が駆け寄ってきた。

「ひば姉、吹奏楽部の視察はどうしたの。そろそろ約束の時間だよ」

現れた助け舟は生徒会会計の桜井(さくらい)君だ。

「弘人(ひろと)か。だからこうして向かっているのだろう」

得意げに言う会長に、桜井君は疲れたように溜息をつく。

「音楽室は逆方向だよ。さあ、急いで」

桜井君は会長の手をつかむと、俺に一礼をしてその場を去る。

なんか彼も大変そうだ。大変ついでに、文芸部女子の面倒も見てくれないかな……。

俺はそんなことを考えながら、下駄箱に向かって足を速めた。

◇

グラウンド脇の体育倉庫。

扉が開いていて、辺りに人影はない。

遠くに響く金属バットの乾いた音を背に、俺は倉庫にゆっくりと歩み寄った。

ここに入るのは今年の7月、焼塩と閉じこめられて以来だ。

……ちなみにあの時は本当に見てないし、少しくらいは見ても良かったと思ってる。

コッソリ中をのぞくと女生徒が一人、こちらに背を向けて立っていた。

白茶色の長い髪。短いスカートから伸びる白い足は、見ているだけで寒そうだ。

志喜屋さんに間違いない。

誰にも見られず話をするチャンスだ。俺は覚悟を決めて倉庫に足を踏み入れる。

「先輩、少しいいですか」

狭い体育倉庫に、俺の声が予想外に大きく響く。

しばらく固まっていた志喜屋さんは、不意にグリンと首を回した。怖い。

「温水君……どうしたの……?」

ノートをパタンと閉じると、ユラリと身体を俺に向けてくる。

俺がんばれ。ここまできたら、勇気を出して言うだけだ。

「えっと――こないだは風邪とか引かなかったかなーって」

はい、ヘタれましたがなにか?

心の中で開き直る俺に、志喜屋さんはカクリと頷く。

「うん……大丈夫……ありがとね……」

「それなら良かったです」

良かったけど良くないな。

モジモジと指先をこねくり回す俺を、志喜屋さんがジッと見つめてくる。

「それを言いに……来たの……？」

「え、いやそうではなくて――」

ああもう、早いとこ楽になろう。

俺は一歩足を踏み出し、志喜屋さんの白い瞳を正面から見つめる。

「あ、あのっ！　明日の夜、予定はありますか？」

「特に……ないよ？」

俺は勢いのままさらに一歩、足を踏み出す。

ゆらり。志喜屋さんの身体が押されたように揺れる。

「良ければ一緒に駅前のイルミネーション、見に行ってくれませんかっ！」

よし、言ったぞ！

安堵に包まれる俺の背後から、歓声にも似たどよめきが漏れる。

無理もない。俺、超がんばったのだ。歓声の一つくらいは当然――。

「……え？」

恐る恐る振り返ると、体育倉庫の入り口には、いつの間にか人だかりができている。

っ?!　いつの間に人が集まっていたんだ?!

うろたえる俺の両肩に、後ろから志喜屋さんが手を置いてくる。

「うん……いいよ……」

俺の耳をくすぐる囁き声を残し、志喜屋さんはそのままフラリと体育倉庫を出ていく。

入り口にたむろしていた運動部の生徒たちが、慌てて道を開ける。

そしてその人だかりの中に、一人だけ制服姿の女生徒——焼塩がいた。

最寄りの愛知大学前駅。

俺はホームに滑り込んできた上り列車に乗り込むと、がら空きのシートに深く腰かけた。

……イブのデート、まさかのOKだ。

あくまでも呼び出すことが目的だから実際にはデートではない。

だけど志喜屋さんはそんなこと知らないわけだから——。

列車の扉が閉まろうとした寸前、ショートカットの女生徒が飛び乗ってきた。焼塩だ。

ついさっき、志喜屋さんがいなくなった後の体育倉庫。

目を合わせたまま続いた沈黙は、焼塩が友人に連れていかれて終わりを告げた。

別に悪いことをしてるわけじゃないが。なんかこう……気まずいな。

焼塩は俺がいるのを知っていたかのように、真っすぐ側に来て腰を下ろす。

一人分、間を開けて。

「焼塩、補習はもう終わったのか？」

「うん。それで明日から部活復帰が決まったからさ、陸上部に挨拶に行ってたの」

それで制服姿だったのか。

会話が途切れた次の瞬間、焼塩がからかうような表情に変わる。

「いやー、知らなかったよ。ぬっくん、そうだったんだねー」

「え、なんのこと？」

焼塩は腕を伸ばして俺の肩をバンバン叩く。とても痛い。

「志喜屋先輩のことだって。水臭いなー、言ってくれたら協力したのに」

あー、やっぱ誤解されてる感じか。

「いやいや、そんなんじゃないし。さっき誘ったのもデートじゃないから」

「イブの夜に二人なんて完全にデートじゃん！　志喜屋先輩、ちょっと怖いけど美人だし。明日はバッチシ決めてきなよ！」

「ごめん、焼塩には言ってなかったよな。玉木先輩と相談して、俺が志喜屋さんのアポを取る担当になったというか」

「元部長さんと？」

作戦をひと通り説明すると、焼塩は感心したように頷いた。

「……へえ、あの人を月之木先輩と仲直りさせるんだ」

「仲直りできるかは分かんないけど。あの二人って昔は仲良かったから、せめてちゃんと話し合ってもらおうって」

「はー、そうなんだ。全然知らなかったよ」

焼塩は視線を宙に向け、少し寂しそうに繰り返す。

「──全然、知らなかった」

蚊帳の外。意識してそうしてたわけではないが、遠慮があったのは確かだ。

焼塩は陸上部の若きエースで、文芸部の兼部部員。

だけどそれは焼塩の『状況』で、彼女自身を表すものではない。

分かっていたはずだった。

「……ごめん」

「なんで謝るのさ」

むしろ寂しそうに、笑う。

「最近、補習で忙しそうだったからさ。いつもは陸上部で大変だろ」

「うん、確かにそうなんだけどね。陸上部もこれから色々ありそうだし」

焼塩は溜息を迷いながら、どっちつかずな笑みを浮かべる。

「……なんか嫌なことでもあったのか？」

「なにも。というか、顧問の先生にもキャプテンにもすごく期待されててさ」

「そういや県大会で表彰台に乗ったんだっけ」

「うん、100mで3位。あたし、うちの陸上部では一番速いしね。多分、全部の距離で」

「1年生でそれってメチャクチャ凄いんだろ。そりゃ周りも期待するよな」

「だけどまだ全国に行けるほどじゃないしさ。行けたとしても、通用しないの分かってるから」

俺の方に少し身体を傾けて、淡々と言葉を繋げる。

「期待に応えられないのに、特別扱いされるのは――ちょっと居心地悪いかなって」

彼女が時折見せる、どこか冷めたような大人びた表情。

俺は目を逸らして、窓の外を見る。

「焼塩が頑張ってるのは知ってるからさ。息抜きにいつでも文芸部を利用してくれていいから」

「でもあたし小説書けないじゃん。八奈ちゃんだって、ちゃんと書いてるのに」

「ああ、今回もちゃんと書いてたよな」

八奈見の小説は、今回も例のコンビニグルメ小説だ。新展開の気配もあるが、これからも食にはこだわるに違いない。

「それに比べてあたしはろくに顔も出せないから、ちゃんと活動できてるのかなって」

車内にアナウンスが流れ、電車が速度を落としていく。

焼塩が伸びをしながら立ち上がる。

「あたしも2年生になったら、色々と決めなきゃなって」

……決める?

「焼塩、降りる駅はまだだぞ」

「ちょっと走りたくてさ。それじゃぬっくん、上手くやりなよ」

「上手くって何をだよ」

電車が止まった。焼塩は開いたドアに向かいながら、俺になにかを放り投げる。

お手玉しながらなんとか受け止めると、それはプロテインバーだ。

パッケージにはマジックで『HAPPY バースデー』のメッセージ。

多分、BIRTHDAYのスペルが分からなかったんだな……。

「せっかくのクリスマスじゃん。バシッと決めてきなってこと」

焼塩は男前な表情で俺を指差すと、颯爽と電車を降りていく。

明日はそういう趣旨じゃないんだが。こいつ、本当に分かってるんだろうな……。

ホームの奥に姿を消す焼塩を見送りながら、俺は体育倉庫での志喜屋さんを思い出す。

肩に触れた柔らかい手の感触。耳をくすぐる冷たい吐息――。

俺は動き出した電車のシートに座り直すと、固く目をつぶる。

頭の中をカラッポにしようとするが、掌のプロテインバーの感触が俺を現実に引き戻す。

そういや焼塩、俺の誕生日は誰に聞いたんだろ。

小鞠も知ってたし、八奈見が部室で俺の話をしたのかな……。

俺はごちゃつく頭を整理するのをあきらめ、もう一度シートに深く座り直した。

文芸部活動報告　～冬報　八奈見杏菜『勝負はこれから？』

私は朝から通学路のセブンイレブンにいました。

有線からはクリスマスソングが流れています。

店内はクリスマス一色ですが、朝はみんな忙しくてお構いなしにバタバタしています。

いつものようにイートインコーナーを独り占めしていると、誰かが声をかけてきました。

「あれA子さん。今日はゆっくりだね」

なれなれしいこの人は同じクラスの××君です。

そんなに仲は良くないです。

「朝ごはん食べてるだけですから。邪魔しないでくれる？」

私の朝ご飯は豚まんです。

ずっしりと肉感あふれる具をもっちりした皮で包んだ逸品で、冬場には週５で食べます。

どこかに行こうとした××君は、私の視線の先を見て『ああそうか』と知った風なことを言いました。

窓の外、横断歩道で信号待ちをしている○○君の横には女子が一人立っています。

Ｊ子ちゃんです。

最近、彼とよく一緒にいる女子で、いまも楽しそうにおしゃべりをしています。

堂々と男子と登校するなんて、慎みがないと思います。

黙って豚まんを食べていると、××君が私の前にカップを置きました。

ホットカフェラテ、しかもＬサイズです。

邪魔なのでジロリと睨(にら)むと、××君は２つ離れた椅子に座ります。

「差し入れ。カフェオレ好きだったよね」

××君はボソボソと言いました。

そういえば今日は１２月２４日。クリスマスプレゼントのつもりでしょうか。

ちょっと気持ち悪いけど、私は人の好意を無下にするような女ではありません。

豚まんに口の水分を取られているので、温かいカフェオレが体に染み渡ります。

濃厚だけどすっきりしたミルクは飲むたびに美味(おい)しくなっている気がします。

「××君、これ砂糖は入れた？」

「ちゃんと入れたよ。Ａ子さん、砂糖は２つだよね？」

やれやれです。私は内心呆れました。

Ｌサイズなら砂糖は３つに決まっています。

だけど私は大人なので、そんな素振りは見せません。

信号が青になりました。彼とＪ子ちゃんは、楽しそうに話しながら横断歩道を渡ります。

それを見ながら飲んだカフェオレは、いつもより少しほろ苦かったです。

１２月２４日。クリスマスイブの夕方。

豊橋駅前は私鉄駅や市電の停留所に繋がる大きなデッキになっている。

イルミネーションは駅の東口を出て右手、広い円形のエリアが中心だ。

俺はそこから少し離れた、市電への降り口あたりから遠目に様子をうかがう。

――待ち合わせの１８時まで、あと１５分。

すっかり暗くなった空は、街の明かりに薄く白く照らされている。

イルミネーションの一角はキラキラと小さな光が明滅していて、離れていても幻想的な雰囲気に引きこまれそうになる。

「よっ、待たせたな」

少し緊張した表情で現れたのは玉木先輩だ。

大人びた襟付きのコートを羽織り、軽く手を上げる。

「あ、どうもお疲れ様です」

学校の外で会うと、なんかぎこちなくなるな……。

玉木先輩は手を伸ばすと、俺の髪からなにかを取った。

「なんだこれ、紙吹雪か」

「妹の佳樹ですね。家を出るときに捕まっちゃって」

「妹さんに捕まると、どうしてこうなるんだ……？」

それは俺にも分からない。

「俺がクリスマスデートをすると勘違いしたみたいで、盛大にお見送りされたんです。ベランダから横断幕を下ろすのだけは、何とか阻止しましたが」

「……お前、相変わらず大変だな」

「先輩ほどじゃないですけどね」

彼女と妹、どちらに振り回されるのがマシなのか。

いや、それ以前に彼女持ちな時点で圧勝だよな……。

「本当に今日は良かったんですか？　せっかくのクリスマスなのに」

「ま、ディナーの間はずっと謝りっぱなしだな」

少し意地悪な俺の軽口は、自虐風ノロケで返された。

やはり彼女持ちには勝てないのか。軽い絶望感に打ちひしがれていると、先輩が急に表情を引き締める。

「……古都、もう来たみたいだな」

その視線を追うと、遠くのデッキにそれらしき人影がある。

あれ、その隣かな。制服着てないと分かんないぞ……？

「あんまり前に出るなよ。見つかったら元も子もないからな」

確かにそうだ。ここまで来て、そんなオチはあんまりだしな。

俺は先輩の身体の陰に隠れながら、月之木先輩（多分）の様子をうかがう。

「志喜屋さんはまだ来ていないな。ここにいるとニアミスしないか？」

「タクシーらしいので、ここは通らないと思います。さっきもメッセをやり取りしました」

トーク画面には『向かってる』の一言だけ。ギャルな見た目にもかかわらず実に男らしい。

「じゃあ大丈夫か。あの子と顔を合わせるのはちょっとな」

まだ不安なのか、玉木先輩は心配そうに辺りを見回す。

その背中に向かって、俺は口を開く。

「……そろそろ教えてくれてもいいんじゃないですか」

「教えてって、なにを――」

言いかけて黙る玉木先輩を見て、俺はようやく合点がいった。

「二人の間になにかがあった――少し前までそう思っていました」

俺は確信にも似た思いで、逸らそうとする先輩の目を見つめる。

「二人じゃなくて、三人の間に何かあったんですよね。違いますか?」

先輩はもう一度周りに視線をめぐらせると、俺の顔を見ずに話し出す。

「……俺と古都が2年生、ツワブキ祭が終わったころだ。まだ生徒会に古都がいて、志喜屋さんと仲が良くて」

行きかう人の流れに紛れこませるように、ポツリポツリと言葉を繋げる。

「いまの古都と小鞠ちゃん……とは少し違うかな。俺でも入りこめないような、そんな二人の仲だった」

玉木先輩も入りこめないような二人の蜜月。

今の姿からは想像がつかないが、確かにそこにあったのだ。

「ある日の放課後、俺が一人で部室にいたら珍しくあの子が来たんだ。それで……」

声のトーンが低くなる。先輩の表情は怒りでも悲しみでもなく、戸惑いだ。

「それで、なにがあったんですか?」

静かにうながすと、ゆっくりと口を開く。

「志喜屋さんに――押し倒された」

「は？」

待て、この人なに言った。

「それって倒れてきたとかじゃなくて?!　いやホントに、なにやってんですか！　志喜屋さんとそんな関係だったとか」

「待て待て、なにもしなかったって！　未遂――というか、危ない所で古都が来たから！」

「むしろ最悪じゃないですか」

「……はい」

マジか。そりゃ二人の仲はこじれるに決まってる。

俺は背後の柵に身体を預け、大きく溜息をつく。

……だけど、ちょっと待ってくれ。

「そんな状況で、二人を会わせていいんですか。月之木先輩からすれば、デート現場に彼氏を狙う女が姿を見せるわけでしょ」

先輩は何かを思い返しているのか、目をつぶって眉をしかめる。

「あの子が俺を狙っている――とは少し違うような気がしてさ」

狙われたことのない俺には分からんが。

先輩は目を開くと、イルミネーションに輝くデッキを見つめた。

「俺と古都は、あの出来事には触れないようにしている。だけどやっぱり、なかったことにしちゃいけないと思うんだ」

……三人の間になにが起こったのかは分かった。

けど、起こったことが何だったのか——その答えはまだ出ていない。

「温水、志喜屋さんが来たぞ」

真剣な視線の先、蝶のようにフラフラと歩く女性の姿がある。

茶系のロングコートに身を包み、頭にはニットの帽子を被っているのだろうか。

あの雰囲気は間違いない、志喜屋さんだ。

俺はスマホを取り出す。

この先にどんな答えがあるかは分からない。

だけど玉木先輩が向き合うと決めた以上、俺はただ天愛星さんとの約束を果たすだけだ。

12月24日　17：54　豊橋駅東口デッキ　サークルエリア

駅前のデッキに広がるイルミネーション。古都がいるデッキの一角がその中心で、大きなハートマークのオブジェが撮影スポットになっている。

はしゃぎ声をあげながら写真を撮り合う女子高生。

小さな姉弟が並んでポーズをとり、母親がシャッターを切る――。

古都はふわりと周りに視線を漂わせながら、柔らかな青白い光に身を委ねていた。

去年のクリスマスが昨日のことのようだ。

その時はまだ、慎太郎とはただの幼馴染で。

彼女なりに期待して光を見上げ、肩を落として家路をたどった。

今となっては笑い話だ。ほころぶ口元を隠すように視線を落とすと、足元を雪の結晶をかたどった光の模様が踊っている。

どこかで見たようなロマンチック。ずっと憧れの気持ちはあった。

だけど気恥ずかしさが先立って、素直に楽しめなかった。

「……今年くらいはいいよね」

高校生活、最後のクリスマス。

来年のことは何も分からないが、進路が異なることだけは決まっている。

ずっとそばにいる。ずっと一緒。
そんな言葉がどれだけ儚くて、どれだけ虚ろか。
若い自分でも、そのくらいは知っている。
物思いを断ち切るようにスマホからベルの音が鳴った。
取り出すと、待ち人からのメッセージ。
『悪い、少し遅れる。その場から動かずに待っていてくれないか』
……慎太郎になにかあったのかな。
よぎった不安を違和感が塗りつぶす。

――その場から、動かずに。

いつもの彼なら、暖かい場所で待つように言うはずだ。
ならこの言葉が意味するものは――サプライズ？
彼は一見そんなキャラではないが、たまに思い切ったことをする。
……でも今日は、普通がいいな。
ありふれたカップルが過ごす、ありふれたクリスマス。
今日はその『普通』を胸にしまいこみたい――。

古都は顔を伏せると、口元に笑みを浮かべた。

自分は変わったな、と思う。

好きな人の特別になりたくて、特別な二人になりたくて。

でも今は。特別でなくてもいい、二人でいられればいいと、それだけを願っている。

……そんなことを思う古都の視界に、茶色いブーツが入った。

なんの変哲もない光景にもかかわらず、背筋に冷たいものが走る。

見覚えのあるその歩き方が、少しだけ遠い記憶を掘り起こす。

古都は突き動かされるように顔を上げた。

「……志喜屋」

そこにはかつて自分の隣にいた、懐かしい姿があった。

ポンポンの付いた毛糸の帽子を被り、白い瞳で古都を見るともなく眺めている。

前を開けたトレンチコートの下、短いスカートから伸びる長い生足はいかにも寒そうだ。

「どうしてここにいるの？」

「私も……待ち合わせ……」

さすがの志喜屋も戸惑っているのか。語尾が力無く、夜の空気に散らされる。

「良ければ場所を変えてくれると助かるんだけど。私、ここから動けないし」

「私も……無理」

グラリ、と揺れるように片足を踏み出す。

「その場から、動かずに、……待ってて……って」

志喜屋の言葉が古都の頭に染み渡るまで、さほど時間はかからなかった。


——やられた。


つまりこれは、自分と志喜屋を引き合わせるための茶番劇だ。

古都は動揺を悟られないよう平静を装い、たずねる。

「志喜屋、あんた誰と待ち合わせてるの？　まさか」

「文芸部の……温水君……」

志喜屋は少し得意げに首を傾げる。

「彼に……誘われた」

やはりあの子も一枚かんでいたか。

古都は額に指を当てると、頭を振る。

「温水君、可愛い顔してわりとやるわね。志喜屋を手玉にとるなんて」

「どういう……意味？」

「気付きなさいって。私たちハメられたの」

そう言って手を振る古都を、不思議そうに見つめる志喜屋。

「温水君……来ないの……？」

「かもね」

この場を去ろうとか、頭をよぎらなかったわけではない。

このままノセられるのも嫌だけど、逃げ出すのはもっとシャクだ。

そして心細そうに立ち尽くす志喜屋の姿に、古都は諦めた。

志喜屋の隣に並ぶと、頭上を横切るイルミネーションを見上げる。

「……志喜屋、あんた温水君と付き合ってるの？」

「違うよ……友達……なの？」

「私に聞いてどうするのよ」

こうやって並んで話すなんて、二度とないと思っていた。

話すことなんてないと思っていた。

でも心配していたよりもずっと、彼女が隣にいることに違和感がない。

だけど一つだけ――避けては通れないことがある。

「覚えてる？　去年の１１月。文芸部の部室で、あんたがしでかしたこと」

「……うん」

当時、生徒会と文芸部の活動はできるだけ分けていた。

志喜屋と慎太郎には、あまり接点がなかったはずだ。

だから部室の扉を開けた時。映画のスクリーンでも見るような、不思議な気持ちだったことを覚えている。

多分それは自分の心を守るためで、そしてもう一つ、どうしても腑に落ちないことがあったからだ。

古都は大きく息を吸い、聞こうとしてずっと聞けなかった問いを口にする。

「あんた慎太郎のこと——好きだったの？」

たったこれだけの質問に、志喜屋は本気で不思議そうに首を傾げる。

「……分かんない」

「分かんないって。あんなことしといて、好きか嫌いかくらい——」

「ごめんなさい……でも……分かんない……」

子供のように萎れる志喜屋の姿に、さすがの古都も心が痛くなる。

「分からないのは私の方よ。志喜屋、あんた男遊びなんてするタイプじゃないでしょ」

「うん……」

「じゃあなんで、あんなことしたのさ」

「古都さんが……玉木さん……好きだったから」

一年越しの答えは、あまりに思いがけなくて。古都は思わず、口をポカンと開ける。

「つまりあれなの。人のモノが欲しいとか、そういうやつ？」

志喜屋は小さく、だけどはっきりと首を横に振る。

「私……古都さんに……なりたかったの」

「え、私に？」

さらに思いがけない言葉に、古都はようやくそれだけ口にする。

「だけど古都さん……分かんないこと……一杯で……」

ゆらり、と漂うように揺れる。

「だから……古都さんが好きな人……好きになれば、分かるかなって」

言い終わると、志喜屋はスイッチが切れたようにジッと動かなくなる。

古都は彼女の言葉を、頭の中で何度も繰り返す。

何度も言葉を噛み砕き、志喜屋の気持ちの端に指先が触れたのを感じると、古都は手を伸ばすのを止めた。

これ以上はいけないと、指先のしびれが伝えてくる。

「……だからって、あんなことしたって仕方ないじゃない。第一あんた、慎太郎がその気になったら、どうするつもりだったのよ」

「古都さんの好きな人だから……嫌じゃないと……思う」

そう言う彼女の横顔は揺らめく光に照らされて、古都ですら目を奪われるほどに美しい。

もし志喜屋が本気で慎太郎を好きになっていたら。

あり得ないそんな不安が、古都の胸によぎる。

「どうして私なんかになりたいのさ。あんたの方が可愛くて成績だって上だし。友達だってたくさんいるでしょ」

「私……笑ったり……できなくて」

志喜屋は胸につかえた言葉をこぼすように話し出す。

「楽しいとか……嬉しいとか……悲しいとか……自分にもあるんだと思うけど……良く分かんなくて……」

志喜屋は浅く短い息継ぎをすると、あふれる言葉を紡いでいく。

「古都さんはいつも……自分の気持ちとか……正直で……キラキラしてて」

もう一度、息を吐いて吸う。さっきより深く、大きな息を。

「だから私も……古都さんに……なりたい」


その言葉は決して強くはなくて。

いっそ冬の風に散らされるほど弱々しくて。

心すら定まらなくて朧げで、おぼつかない。

だけど志喜屋の精一杯が、他の誰でもなく古都には伝わった。

古都は優しい笑みを浮かべる。

「志喜屋の言うこと、全部は分からないけど。私って、楽しくなくても笑えるんだよね」

そう言って、いつものからかうような笑顔をしてみせる。

「愛想笑いだってするし、周りに合わせて笑ってるうちに楽しくなることだってあるし」

「そう……なの？」

「そんなものよ。最後には楽しいから笑ってるのか、笑ってるから楽しいのか分かんなくなるの」

古都は手を伸ばすと、志喜屋の帽子のポンポンを指先で弄ぶ。

志喜屋は不安そうに古都を見る。

「古都さんは……なに考えてるか……分かんない私……嫌……じゃない？」

「あんたは笑いはしないけど、楽しそうだったり嬉しそうだったり。そういうのはちゃんと伝わってるから――」

今度こそ古都は、心から笑って。

「嫌じゃないよ。そのままでいいと思う」

素直で飾らない言葉。

「うん……ありがと……」

小さく頷くと、志喜屋は古都の長い髪の先を指先で摘まむ。

志喜屋の甘える指先を眺めながら、古都は囁くように言った。

「ごめんね志喜屋。一緒にいて、あんたのこと全然分かってあげられなくて。私のことだから、無神経なこととか傷付けることたくさん――」

志喜屋は言葉を遮るように、指で古都の唇に触れる。

「古都さん……笑って……？」

少し戸惑いながら古都が笑みを浮かべると、志喜屋はその唇を指で丹念になぞった。

そしてそれを真似るように、自分の口元も笑った形にしてみせる。

「古都さんと一緒で……私……嬉しい」

志喜屋は揺れるような、踊るような足取りで離れると、広場の真ん中に歩み出る。

古都がその隣に並ぶと、志喜屋は左手の指を曲げて目の前に差し出した。

「二人で指……ハート作ろ……？」

「それって恋人同士が――」

古都は苦笑いをすると、反対側から指をあててハートを作る。

「了解、これでいいの？」

志喜屋は再び習いたての笑顔を作る。

「ハートから……二人でオブジェをのぞくと……受験に受かる」

「それは嘘よね」

「嘘……本当は……結ばれる……」

「それ出来る時点で結ばれてない？」

仕方ない、乗りかかった舟だ。古都は志喜屋に顔を寄せ、指で作ったハートをのぞく。

「これでいい？　志喜屋、あんた頬っぺた冷たいよ」

身を引きながら顔を向けた瞬間――。


志喜屋が唇を重ねてきた。


あまりのことに固まる古都は、自分の口を覆う唇が貪るように動くのに気付いて、慌てて身体を引き離す。

「っっ!?　あっ、あんたなにしたの?!　えっ、待って、マジ?!」

志喜屋は自分の唇に指を当てながら、ポツリと呟く。

「フワフワ……してた」

「感想はいいから！」

古都は頭を抱えてしゃがみ込む。

「いやもうあんた……ギリギリでスルーしてあげてたのに、そこ飛び越えてくる？」

志喜屋はいつも通りのポーカーフェイスで、古都の肩にそっと手を置く。

「大丈夫……私、古都さん抱ける……」

「抱かんでいいし。つーかあんた抱く方なの？」

「古都さん……抱かれる方？」

「だって私、彼氏いるから――って、なんの話よ」

……ああもう、真剣に考えるだけ馬鹿みたい。

古都は呻きながら立ち上がると、キラキラ光るイルミネーションを眺める。

こんなものただのＬＥＤだ。

ちょっとばかり綺麗でロマンチックで人を素直にする、ただの光。

「なんか段々腹立ってきたな。志喜屋、夕飯まだでしょ。なんか食べに行こうか」

「でも……玉木さん待ってるよ……」

「どうせ温水君と一緒よ。そういえば今日はあの子に誘われたんでしょ。本当に付き合っては
――いないよね？」

志喜屋は首を傾げる。

「ないよ……それがどうしたの……？」

「だって今日はイブじゃない。誘いを受けたってことは、少しはその気があるのかなって」

「違うけど……」

首をゆらゆらと揺らしながら、白い瞳を空に向けて。

「でも……ちょっとだけ可愛い……かな」

その言葉をどうとらえればいいのか。古都は少し考えて、そっとしておこうと決めた。

なにかが育つのだとしたら、今はそのままに。

古都はスマホを取り出すと、画面をろくに見もせずに電話をかける。

2コール。相手が通話に出ると、間髪入れずにしゃべりだす。

「慎太郎、聞こえる？　私、志喜屋とご飯食べに行くから。じゃ、後で気が向いたらね」

有無を言わせず通話を切ると、志喜屋に手を差し出す。

「おいで、今日はたくさん甘やかしてあげる」

「古都さん……いいの……？」

「いいのよ。志喜屋、なに食べたい？」

「私……お魚食べたい……」

志喜屋は人見知りの子供のように、ためらいながら手を伸ばす。

「任せて。最高の金目鯛を食べさせたげる」

その手を古都が力強く握る。

一年前と同じような、だけど少し大人になった笑顔で。

◇

駅から少し離れた一軒のカフェ。

低く流れるクリスマスソングのオルゴール。

俺はキャンドルの仄かな灯りに照らされて、玉木先輩とテーブル越しに向かい合っていた。

「なんかすいません、ご馳走になっちゃって」

「遠慮するな。この中で一人で食べるのもキツイしな」

そう言って力無く笑う玉木先輩。

クリスマスディナーをドタキャンされた先輩に誘われて来たのはいいが、周りのテーブルは全部カップルで埋まっていて、場違いなこと甚だしい。

「それに前から予約してたし。この日を楽しみに受験勉強を頑張ってきたから……」

先輩がテーブルに突っ伏す。

「どうしてこうなった」

なるべくしてなった気もするが。

この件に巻き込んだのは俺だし、責任を感じないでもない。

「ほら、元気出してください。志喜屋さんと仲直りできたみたいだし、月之木先輩も怒ってませんって」

「そうかな。わりとガチ気味だったぜ」

「照れ隠しですよ。ほら、飲み物がきました。起きてください」

店員さんがトレイに飲み物を乗せてテーブルに来た。

「こちら、アランチャータロッサ・クリスマススペシャルになります」

ゴトン。テーブルの中央に大きなグラスが一つ置かれた。

グラスには赤いジュースと、ラセン状に絡まった２本のストロー。

――これ、一つのドリンクを二人で飲むやつだ。

「先輩、なんかえらいの出てきましたが」

「……クリスマスだしな」

先輩はむくりと身体を起こすと、ストローに口をつける。

「これ結構美味いぞ。お前もどうだ」

「はあ、じゃあいただきます」

確かに、ほろ苦くて美味しいな。

交代でジュースを飲んでいると、部長が何かに気付いたように「あ」と呟く。

「温水、これ俺と一緒に飲んでくれ」

「え、嫌ですけど」

「俺も好きでやるんじゃないぞ。ほら、早くしろって」

なぜそんな誰も望まないことを……？

仕方なく言う通りにすると、俺の目にハートマークが飛び込んできた。

「！　これって同時に飲むと、ジュースの色でストローがハートに見えるんですね」

「ああ。しかも上から見ないとハートにならないんだ」

ストローに細工もありそうだ。二人でストローの仕組みについて話し合っていると、店員さんが料理の皿を運んでくる。

「お待たせしました。オードブルの盛り合わせ、クリスマスエディションです」

目の前に四角い皿が置かれる。

皿には雪に見立てた白い泡と、色鮮やかな前菜が並んでいる。

「この泡、食べられるやつですよね」

「エスプーマとかいったかな。サンタに泡を付けて食べるんじゃないかな」

「この召喚獣みたいなの、サンタだったんですか」

なんか一周回って楽しくなってきたぞ。

メインの鶏肉料理を食べ終わる頃には、玉木(たまき)先輩もすっかりいつも通りのテンションに戻っていた。

「――マジか、最新話で鮎(あゆ)ちゃん告白したのか」

興奮気味に身を乗り出す先輩に向かって、俺は重々しく頷(うなず)く。

「ええ、これ来週号は荒れますよ。このタイミングで告白イベってことは、完全に負けフラグですからね」

「うわ、続きが気になりすぎる。受験が終わるまでネタバレは勘弁してくれよ」

玉木先輩は笑いながらナプキンで口を拭く。

「前言ってた漫画やアニメ絶ち、守ってるんですね」

「ああ、年が明けたらすぐに共通テストだしな。理転の遅れを取り戻さないと」

「そういえば、受ける学部は決まってるんですか？」

「言ってなかったか？　農学部だよ、醸造を学ぼうと思って」

醸造って……味噌とか酒とかだよな。酒といえば確か。

「確か月之木先輩の家って酒屋でしたっけ」

「酒屋じゃなくて作る方だ。あいつ酒蔵の一人娘だぞ」

へえ、そうなんだ。それで醸造を勉強するということは、つまり。

「え、もう二人ってそんな感じなんですか？」

「まだ全然そんなんじゃないけどさ。将来あいつの支えになれればなって」

言って先輩は照れ隠しに水を飲む。

……卒業後の進路か。

俺はとりあえず進学して家を出るつもりだが、見知らぬ土地での暮らしは全然想像できないな。大学でボッチ飯を食べる自分の姿は、やけにハッキリ思い浮かぶけど。

「……上手くいくといいですね」

「任せろ、胴上げの準備は頼んだぞ」

親指を立てる先輩に向かって、俺はわざとらしくしかめっ面をする。

「受験よりむしろ、先輩の女性問題の方ですよ。夏の合宿ではモテないとか言ってたのに、ちゃんとモテてるじゃないですか」

「志喜屋さんの件はノーカンだって。それに温水の方こそどうなんだよ。完全にモテ期きてるだろ」

「どこがです？　俺、全然モテてないですが」

当然のツッコミに、先輩は何気ない口調で答える。

「温水、モテ期だからってモテるとは限らないんだぞ」

え、そんな馬鹿な。モテ期の定義を根底からくつがえそうというのか。

先輩は真剣な表情で続ける。

「文芸部の1年生って、お前の他は全員女子だろ？」

「はあ、一応そうですが」

「これが全員男子部員だったら、当然お前の周りは男だらけだ。生徒会だって同じだろ」

確かにそうだ。俺は素直に頷く。

「つまりモテ期の正体ってのは、偶然のめぐりあわせで異性と繋がりが多い時期のことだ。人生に三回来るっていうけど、ぼんやりしてたらなにも起こらないぞ」

「待ってください。じゃあ俺の人生、モテ期が残り二回なんですか？」

「今が一度目ならそうだな。過去に女子と一緒に行動する時期とかあったか？」

友達もいなかった俺に女子と縁なんて。

笑い飛ばそうとした俺の脳裏に、古い記憶が浮かんできた。

「……そういえば、保育園では女の子とままごとばっかりしてましたね」

男の子、疲れるし。

「一回目だな。他にはどうだ」

「他には――中学の頃、妹の友達がしょっちゅう遊びに来てたんで、俺が相手をすることもありました」

「温水、そんなラブコメみたいな経験してるのか……？」

なんか先輩、ちょっと引いてる。

「そんないいもんじゃないですよ。その子、不登校気味で妹しか友達がいなかったんです。妹がいない時もうちに来ちゃうんで、仕方なくゲームとかしてました。お互い無言で」

少し考えてから、先輩は大きく頷く。

「ギリ二回目だな。つまり今が人生最後のモテ期ってことだ」

マジか。じゃあ俺、一生独身確定だ。

一人の老後に想いを馳せてるうちに、テーブルの皿も下げられ、料理もデザートを残すだけとなった。

食後の飲み物を選んでいると、玉木先輩が慌ててスマホを取り出した。

「悪い、ちょっと電話に出てくる」

先輩はそう言い残して店を出る。あの焦りようは月之木先輩からだろうな。

窓の外、先輩が電話越しにすごく謝ってるな。メッチャ謝ってる。

なんで人は電話で謝るとき、頭を下げるんだろ……。

先輩は戻ってくると、俺に向かって両手をパンと合わせる。

「すまん！　俺、ちょっと先に行くよ」

「月之木先輩、許してくれましたか？」

玉木先輩は上着を羽織りながら苦笑い。

「それはこれから次第だな。温水はゆっくりしていってくれ」

レジでお金を払って飛び出していく玉木先輩。

その後ろ姿を見送りながら、俺は天愛星さんのことを考える。

彼女の出した、明日までに月之木先輩と志喜屋さんの仲に決着をつけるという取引条件。

達成したとは思うのだが、判定するのは天愛星さんだよな。あの人少し変わってるし、説明するのは面倒だな……。

と、店員さんがテーブルの横でニコリと微笑む。

「お客様、ドリンクがお決まりでしたら、デザートをお持ちしてよろしいでしょうか」

「え？　あ、はい」

ドリンクメニューを手にした瞬間、首筋をゾクリと冷気が撫でる。

「私……ピーチジンジャーティー……」

耳元で聞こえた声に、俺は思わず身を震わせる。この声を聞き間違えるはずはない。志喜屋さんだ。

「先輩、どうしてここが分かったんですか」

「古都さんに……聞いた……」

毛糸の帽子を脱ぎながら、さっきまで玉木先輩が座っていた席に腰かける。

突然の選手交代にも動じず、店員さんは完璧なスマイルを見せてくる。

「お飲み物はピーチジンジャーティーでよろしかったですか？」

「あ、はい。それ二つで」

店員さんが厨房に姿を消しても、志喜屋さんはピクリとも動かない。

これはちょっと気まずいな……。

俺が口を開こうとすると、機先を制するように志喜屋さんが静かに呟く。

「約束……破った……」

「えっと、破るつもりは──」

そもそも志喜屋さんを呼び出すのが目的だから、誘ったこと自体が嘘だったわけで──うん、最低だな俺。

「はい、ごめんなさい。お詫びのお言葉もありません」

「でも……許す……」

志喜屋さんは少したためらってから、両手の人差し指で唇の左右をクイッと持ち上げる。

「え、それは」

「笑って……みた……」

「…………はい」

反応に困っていると、志喜屋さんは毛糸の帽子で顔を隠す。

「いまの……キャンセル……」

「いえいえ、とてもお似合いでしたって！　ほら、美味しそうなデザートきましたよ！」

俺は無理矢理その場を盛り上げて、志喜屋さんにデザートを勧める。

ブッシュ・ド・ノエル。クリスマス定番のロールケーキだ。

志喜屋さんは薄く溜息をつくと、紅茶のカップを手に取る。

「……恥……かかされた……」

俺のせいだっけ。

気を取り直してデザートを食べていると、志喜屋さんがポツリと呟く。

「笑うの……難しい……」

紅茶の湯気を顔に当てながら、志喜屋さんはゆらりゆらりと揺れている。

笑うのが難しいとか簡単だとか。そんなこと考えたことなかったな。

「でも先輩って、結構よく笑ってませんか？」

「私……笑えてる……？」

ガタリ。身を乗り出してくる志喜屋さん。

予想以上に喰いついてくるな。ちょっと怖いぞ。

「えーと、声を出して笑わなくても雰囲気的にちゃんと笑ってるというか」

「雰囲気……」

あ、なんか急にテンション下がった。

「えーと、例えばですけれど。犬って尻尾で感情を表すっていいますよね。でもよく観察すると、仕草や震え、目の潤み具合とかで、尻尾以外でも気持ちが分かるというか」

我ながら微妙なフォローにもかかわらず、志喜屋さんは満足げに頷いた。

「うん……犬……好き……」

うん、俺も好き。

なんかほっこりした気分でデザートをつついていると、志喜屋さんが何か言いたそうに見てくる。

「俺の顔、なんかついてますか？」

「同人誌のこと……大丈夫……？」

「明日、天愛星(ていあら)さんと話してみます。彼女との約束は果たしたから——」

「約束……？」

あ、このこと志喜屋さんには言ってなかったよな。

天愛星さんとの密約を洗いざらい話すと、志喜屋さんは少し楽しそうに呟く。

「天愛星ちゃん……悪い子……」

「どっちもどっちだと思いますよ？」

「じゃあ私も……悪い子だ……」

　志喜屋さんは音もなくカップを置く。

——月之木古都(つきのきこと)と志喜屋夢子(ゆめこ)。

二人の間に横たわっていたわだかまりとか、イルミの下で確かめた想いとか。

俺に知るすべはないが、ひょっとして二人にだって全部分かっているとは限らない。

でも人間関係なんてそんなものだろう。

志喜屋さんと月之木先輩の仲が修復して、天愛星さんの心配事が一つ減って。

俺の１５歳の締めくくりには十分だ。

気が付くと志喜屋さんはいつのまにかデザートを食べ終わっている。相変わらず、この人はいつ食べてるのだろうか。

俺は紅茶を飲むふりをしながら、志喜屋さんの様子をうかがう。

今日は化粧は控えめで、白いコンタクトを除けばスッピンと言われても信じるほどだ。

八奈見がこないだ『女子の自称スッピンは信じちゃダメ』とか言ってたが、多分嫉妬だ。

これだから女子は怖い。

……それにしてもこの人って睫毛長いよな。顔のパーツも整ってるし、八奈見とは違って大人っぽい色気があるというか。

無意識に眺めていると、志喜屋さんが首を傾げて見返してくる。

「どうした……の？」

「いえ、月之木先輩とどんな話をしたのかなって」

志喜屋さんは指先で唇をゆっくりなぞると、

「……秘密」

囁くように呟いて、長い足を組み替える。

え、なにこの雰囲気。

「なにかあったんですか？」

志喜屋さんはそれには答えず、どこか楽し気に身体を揺らした。

……なにかあったな、これ。

俺は玉木先輩の健闘を祈りつつ、冷めた紅茶の残りを一気にあおる。

――オルゴールの静かな調べ。

薄暗い店内で、キャンドルの灯りに照らされて志喜屋さんはゆっくりと揺れている。

特に会話もなくて、カップもすでに空だ。

年上の女子と二人きり、沈黙を味方にするだけの度量が俺にあるでもなくて。

正直少し気まずいし、なにを話していいのか分からない。

だけどなんとなく、立ち去りがたくて。

志喜屋さんとの気まずい時間が、どうしてなのか嫌じゃない。

黙ってお茶を飲む志喜屋さんの白い瞳は、いつものようにどこを見ているか分からない。

だけど少しだけその視線を待っている自分がいる。

志喜屋さんが俺を見ながら、軽く首を傾げた。

俺はぎこちなく微笑みながら、同じように首を傾げる。

気まずくて落ち着かなくて。
だけど過ぎる時間が名残おしい。
俺は戸惑いながら思いを馳(は)せる。
——今の気持ちに名前を付けるとしたら、どんな言葉がふさわしいのだろう。

Intermission ～天愛星さんとイブの夜

クリスマスイブの夜。

馬剃天愛星は自室の勉強机に肘をつき、一冊のコピー誌を凝視していた。

作・月之木古都のナマモノBL本。

彼女もBLの存在は知識として知っている。個人の嗜好に口を挟むつもりはないが――。

「え、待って。人前でそんなことする……？」

ペタリ。メモを書きこんだ付箋を貼りつける。気が付けば、手持ちの付箋も残り少ない。

彼女的に『アウト』な箇所をチェックしていたが、これではキリがない。

天愛星は伸びをすると、先日の生徒会室での一幕を思い出す。

……文芸部部長、温水和彦。

同人誌とは違って、大人しい雰囲気の生徒だ。

しかし生徒会室で自分が本を確認している時、いつの間にかすぐ近くに迫ってきていた。

もし、もう少し気付くのに遅れていたら。

そして伸ばしてきた手を避けなかったら。作中の『温水』ならそのまま――。

想像した途端、顔が火照り背中を汗がつたう。

「こ、これはあくまで物語です！」

バン！　勢いよく机を掌で叩くと、背後から呆れた声が聞こえる。

「姉さん、さっきから何ぶつぶつ言ってるんだよ」

「はいっ?!」

振り向くと、風呂あがり、ジャージ姿の弟が部屋の入口に立っている。

「ちょ、ちょっと、貴司。ノックぐらいしなさいよ！」

「したって。どうしたんだよ、そんな慌てて」

馬剃貴司、中学2年生。

自分と違って普通な名前を付けた理由は親にはまだ聞いていない。

天愛星は同人誌をノートの下に隠すと、いつも通りの冷静な表情に戻る。

「なんでもありません。それよりなんの用？」

「母さんがケーキ切るってさ。姉さんも降りてきなよ」

「ええ、分かった――」

立ち上がった天愛星は、思わず弟の全身を眺めた。中学生に入ってからグングンと背が伸びて、最近では早くも大人びた雰囲気を身にまとっている。

「……そういえば貴司。あなたサッカークラブの友達といつも一緒にいるわね」

「そうだけど。なんだよ、改まって」

「去年のバレンタイン、チョコもらってたでしょ。それってひょっとして……クラブの誰かからもらったとか？」

「……うちのチーム、男しかいないんだけど」

「それがどうかしたの？」

思わず口にした天愛星は、自分の言葉に思わず固まった。

……ん。あれ。私、なに言った？

「いや、あの、なんでもないっ！　忘れてっ！」

冬だというのに汗を流しながら、パタパタと手を顔の前で振り回す天愛星。

「姉さん、最近ちょっと変だぜ。じゃ、先に行ってるから」

弟が溜息まじりに姿を消すと、天愛星は大きく息を吐いた。

……これもあの男のせいだ。

そういえば自分との『約束』はどうなったのだろう。

ふと思い出した瞬間、携帯電話が鳴りだした。

二つ折りのガラケーを開けると、そこには志喜屋夢子（しきやゆめこ）の文字が点滅している。

天愛星は深呼吸をしてから、通話ボタンを押した。

～4敗目～　16歳のプロローグ

12月25日の朝。カーテンの隙間から、陽の光と冷たい朝の冷気が漏れてくる。

俺はまどろみの中、布団をかぶり直した。

今日は誕生日でクリスマスで終業式、盛りだくさんの一日だ。

目覚まし時計はまだ鳴っていないし、もう少し布団を堪能しよう――。

「メリーお兄様！　お誕生日おめでとうございます！」

佳樹の歓声と同時、パーティークラッカーの音が部屋に鳴り響く。

今年はこうきたか。俺は目をこすりながら身体を起こす。

「……佳樹おはよう。朝から元気だな」

「はい、今日は記念すべき日ですから。さあお兄様、早く起きてください」

佳樹は赤いワンピースの裾をひるがえしてクルリと回る。

「あれ、佳樹その格好」

「はい、クリスマスらしくサンタさんの格好をしてみました。どうですか？」

佳樹はワンピースのサンタ服と、頭にはトナカイのカチューシャを付けている。

「ああ、可愛いぞ。だけど佳樹、うちではクリスマスは禁止じゃなかったのか？」

「はい、その通りです。なぜなら佳樹は毎年、疑問だったのです」

佳樹はチョコンとベッドの上に正座する。

「お兄様の誕生日だというのに、なぜか世間はクリスマスばかりをひいきします。佳樹はそんな世間と戦ってきました。いわばクリスマス対お兄様です」

俺の敵、強い。

「ですが佳樹は気付きました。世界はひょっとしてお兄様を祝っているのではないか。街のイルミネーションの数々は、お兄様のためにあるんじゃないか――と。そんなことを朝まで考えていたら、クリスマスと和解することに成功しました」

「仲直りできて良かったな。じゃあ寝なさい」

あれ、でもクリスマスを受け入れたのが今朝ということは。

「そのサンタのコス、いつ買ってきたんだ？」

「この服はなぜかお母さんのタンスの奥に――」

「OK、ストップ。聞かなかったことにしよう」

朝から情報が密すぎる。

「佳樹は今日から冬休みですから、夕飯は腕によりをかけてご馳走を用意します。メインは三河赤鶏の丸焼きを作りますから期待してください」

「へえ、それは楽しみだな」

「はい！　今日はある意味、お兄様の新たな旅立ちの日です。少し驚きましたが、佳樹は全力で応援します！」

「旅立ち……？　今日は誕生日だけど、ずいぶん大袈裟だな」

佳樹は真面目な顔で胸の前で手を合わせる。

「昨夜は佳樹もすごく驚きました。でもお兄様の選択なら、佳樹は応援します！」

……さっきから一体なんの話だ？　昨夜は帰宅して、普通に風呂入って寝ただけだぞ。

「まさか佳樹。昨日の晩、ついてきたんじゃないだろうな」

半ば冗談でそう言うと、佳樹がコクリと頷く。

「はい。お兄様が誰をお誘いしたのか、どうしても気になって」

「え、本当に見てたのか?!」

「あの方、ツワブキの方ですよね？　夏の合宿で見覚えがあります！」

──夏の文芸部合宿。確か佳樹も同じ日、豊橋市の生徒会交流合宿に出ていたはずだ。

志喜屋さんとは何もないとはいえ、一緒にいるところを家族に見られたのは、ちょっと恥ずかしいな……。

「佳樹、勘違いしてるかもしれないけど。あの人と付き合ってるわけじゃないからな」

「やっぱり！　お兄様にとっては、あの方は恋愛対象なんですねっ?!」

佳樹は頬を紅潮させながら、にじり寄ってくる。

「色々あるかもしれませんが、佳樹(かじゅ)はお兄様の味方です！」

「あの人は学校の先輩で、そんなんじゃないし。さ、ベッドから降りなさい」

「はい、ゆっくり愛を育んでください！　佳樹、今回ばかりは見守らせていただきます！」

そうか、それは助かる。と、佳樹が大あくびをして眠そうに目をこすった。

「佳樹、昨晩はろくに寝てないんだろ。夕飯の準備はいいからちゃんと寝なさい」

「3段のケーキも焼くから、いまから取り掛からないと時間が足りません。それに鶏は朝絞め(あさじ)の新鮮な方が美味(おい)しいんです！」

え、今から絞めるの？　嘘でしょ？

「お兄ちゃん、ケーキがあれば充分だから！　1段でいいし！」

「でもでもお兄様、それだけではさみしくありませんか？　やはり朝絞め地鶏の丸焼きを――」

「じゃあ俺、塩おにぎりと豆腐とか、あと野菜サラダとか食べたいかな」

今日だけ俺はベジタリアンだ。佳樹は不満そうに頬(ほお)を膨らませていたが、

「……腕枕」

とポツリと呟(つぶや)いた。

「え？」

「お兄様が腕枕してくれたら、いい子で寝ます」

佳樹が中学生に上がってから、我が家では添い寝は禁止になったのだが……今回ばかりは

仕方ない。俺はベッドに寝転がると、腕を横に伸ばす。

「じゃあ佳樹が寝つくまでだからだな」

「はい、お兄様！」

佳樹は飛びこむように俺の隣に寝転がる。

「えへへ、お兄様と一緒に寝るなんて久しぶりですね」

「佳樹が小学生までだったから、約2年ぶりかな」

「…………ソウデスネ」

なぜ片言。まさか俺が知らない間に、布団に潜り込んだりしてないだろうな……？

問い詰めようと思っているうちに、佳樹は規則的な寝息をたて始めた。

昨晩はろくに寝てないのだ。すぐ寝るのも無理はない。

あ、目覚ましが鳴ると佳樹が起きちゃうな。俺は反対の腕を伸ばして、目覚まし時計のスイッチを切る。さて、二度寝はしないように気をつけないと。

だけど佳樹を腕枕したまま眠るなんてあるわけないし、少しくらい目を閉じても構わないよな。昨日は疲れたし。

でもなんか……布団温かいな。佳樹と添い寝してるからか……。

ちょっとだけ……寝てもいいかな……目覚ましは……かけた……っけ…………？

そして俺の皆勤賞は、二学期最終日の遅刻で泡と消えた。

終業式もつつがなく終わった。

校長先生の話は相変わらず長くて、冬休みの注意は甘夏(あまなつ)先生の5倍はちゃんとしていた。

生徒会役員の面々は終業式では放送部と一緒に働いていて、いまも後片付けで忙しそうだ。

天愛星(ていあら)さんはまとわりつく志喜屋(しきや)さんをあしらいながら、備品のチェックをしている。つまり志喜屋さんは働いていない。

……あの二人も色々あったかもしれないが、収まるところに収まったようだ。

俺はボンヤリ、体育館出入口の混雑を眺める。

3年生から順番に体育館から出るので、まだしばらくかかりそうだ。

クラスメイトから離れて立っていると、八奈見(やなみ)が隣に並んできた。

「……温水(ぬくみず)君、今日は遅刻なんてめずらしいね」

「ちょっと二度寝してさ。自転車飛ばしてきたけど間に合わなくて」

「あれ、電車通学じゃなかったっけ。自転車の方が早いなら、いつもそうしたら？」

「だって疲れるし。夏は暑くて冬は寒いだろ」

俺の言葉をフンフンと聞き流すと、八奈見が声をひそめて聞いてくる。

「そんなことより温水君。昨日の夜はどうなったの？」

「それなら昨晩ＬＩＮＥしたじゃん。多分上手くいったと思う、って」

「いやいや、フンワリ気味にもほどがあるよ。多分とか思うとか、そんなんで痩せたら苦労しないからね」

なんの話だ。

「それ以上分からないんだって。昨日の志喜屋先輩、詳しく聞ける雰囲気じゃなかったしさ」

俺の言葉に何故か八奈見が眉をしかめて睨んでくる。

「……待って、昨日って二人を会わせるだけじゃなかったっけ。志喜屋先輩とデートしたの？」

「デートじゃないから。カフェでお茶飲んだだけだし」

「デートじゃん。イブの夜にカフェなんて完全にデートじゃん。へーえ、私が円周率数えてた間、温水君はよろしくやってたんだ」

イブの夜に円周率……？

「そんなの数えて楽しいの？」

「私が好きで数えていたとでも？」

じゃあなんでそんなこと。八奈見が俺に剣呑な視線を向けてくる。

「イブの夜を乗り切るために、１００万ケタの円周率表を買ったんだってば。半分過ぎたあたりで、嫌なコトとか全部ブッ飛ぶから。今度貸したげるよ」

俺、そんな嫌なことないし。強いて言うなら必要なのは今だ。

そろそろ体育館の人混みも少なくなってきた。八奈見が横歩きで一歩、間合いを詰めてくる。

「……温水君、今日の放課後だけど」

「ええと、クリスマス会があるんだっけ」

八奈見は小さく頷く。

「参加するかまだ迷っててさ。妹ちゃんには私から許可を取るから、一緒に行かない？」

「でも俺、クリスマス会で浮きそうだしな。話す人もいないし」

と、八奈見が不機嫌そうにシューズを蹴ってくる。

「……私がいるじゃん」

そりゃそうだろうけど。普通に周りと盛り上がって、俺が入りこめないのが目に見えてる。

だからって気を遣わせて俺に付き合わせるのも嫌だしな……。

上手い断り方を探していると、スピーカーを両腕で抱えて、体育館の端をフラフラと歩く志喜屋さんが目に入った。

働くのは良いことだが、なんか危なっかしいな。スピーカーから垂れたケーブルが今にも足に絡まりそうだし。あ、なんでナナメに歩くんだ。壁にぶつかるぞ……。

ああもう、なんであの人はこんなに心配をかけるんだ。

「温水君、どうしたの？」

なにか言ってる八奈見を置いて、俺は無意識に志喜屋さんの方に歩き出していた。

俺が足を速めるのと同時、志喜屋さんがケーブルを踏みつけてバランスを崩した。

床に落ちたスピーカーがドスンと大きな音を立て、体育館中の視線が集まった。

そしてその視線の中――俺は志喜屋さんを腕に抱きとめていた。

「先輩、大丈夫ですか⁉」

腕の中、志喜屋さんは盛った睫毛(まつげ)を、不思議そうにパチリとさせる。

「大丈夫……スピーカーは……？」

「スピーカーなんてどうでも――」

言いかけて、ふと冷静になる。俺たちの格好は、まるで社交ダンスの決めポーズだ。

ツワブキ生、数百の視線が俺たちに向いている。

「あ、あのっ、一人で立てますか⁈　はい、手を離しますから！」

慌てて身体(からだ)を離そうとすると、志喜屋さんは反対に俺の首に両腕を回してきた。

「あの、先輩⁉」

「どうして……来てくれたの？」

「へ？　それはその、なんかフラついてたから危ないかなって」

「私を……よく見てるんだね……」

ふわりと香る化粧の香り。

志喜屋さんは白い瞳で俺をジッと見つめながら、

「君は私と……付き合いたいの……？」

首筋を撫でるような――甘い囁きを投げかけてきた。

一瞬の沈黙の後、さざ波のように周りの生徒にざわめきが広がっていく。

そのざわめきの中心で、俺は他人事のように志喜屋さんの言葉を頭の中で繰り返し――慌てて首を横に振った。

「ちっ、違っ！　そんな恐れ多いというか、失礼なことは！」

「違う……の？」

「は、はいっ！」

裏返った声で答えると、志喜屋さんは抑揚のない口調で呟く。

「……そっか……間違えた……」

そのまま黙る志喜屋さん。

周りの生徒は遠巻きに俺たちを見ながら、ひそひそと囁き合っている。

なんだろうこの雰囲気。ひょっとして俺、やらかしたか……？

冷や汗を流しながら固まっていると、人の合間を縫って天愛星さんが走り寄ってきた。

「ちょっと、志喜屋先輩！　人前でなにやってるんですかっ⁈」

天愛星さんは俺の腕から、強引に志喜屋さんを奪い取る。

助け舟にホッとする俺を、彼女はギロリと睨みつけてくる。

「ぬっ、温水さん！　やっぱりあなたって手当たり次第なんですねっ！　見損ないました！」

「いやいや、転びそうになったとこを支えただけだって。先輩、何とか言ってくださいよ」

志喜屋さんは小さく頷くと、天愛星さんの顔を覗きこむ。

「次は……天愛星ちゃんの番……」

「はいっ⁉　私は別に――」

え、まだなにかあるのか。

怯える俺の前、志喜屋さんが天愛星さんのアゴを指先で持ち上げる。

「私が代わりに……言ってあげようか……？」

「大丈夫です！　ぬ、温水さん！」

「あ、はい。なんでしょうか」

天愛星さんは顔を赤らめながら、俺の前に仁王立ちする。

「今日の放課後、お話がありますから空けておいてください！」

「へ？　まあ構わないけど――」

「べ、別に変な期待はしないでくださいね！　それではまた連絡します！」

言い残すと、天愛星さんは志喜屋さんの手を引いてその場から去る。

……えっと、なにが起きたんだ？

完全にフリーズしていた俺は、周りの視線から逃れるように床のスピーカーを拾い上げた。

志喜屋さんの冷たい身体。その奥にある温かさが、まだ掌に残っている。

「あのー、このスピーカーはどこに持っていけばいいのか誰か知って……」

俺のか細い言葉は、周囲のざわめきに飲みこまれた。

二股――修羅場――三角関係――不穏な単語が周囲にこだまする。

待って、俺どうすればいいんだ……？　助けを求めるように見回すと、八奈見の姿が見える。

……あ、目を逸らされた。

進退きわまって立ち尽くしていると、白衣を揺らしながら小抜先生が姿を見せた。

「はい、みんな早く教室に戻りなさい。ＨＲが始まるわよ」

たむろする生徒を散らしながら、先生が俺を手招きする。

「そのスピーカー、こっちに運んでちょうだい。一緒に来て」

「あ、はい！」

助かった。あんまり近づかないで欲しいとか思っててごめんなさい。

案内された舞台袖で棚にスピーカーをしまっていると、小抜先生が背後からピタリと身体を寄せてくる。

「……色々大変だったわね。男女関係の悩みなら、先生に話してごらん？」

「いえ、別に何もありません。本当なので耳元で囁くのは止めてください」

やっぱりあんまり近づかないで欲しい。できれば2m以内には。

「安心して。この分野に関しては先生かなり判定が甘いから。スマホのアカウントを仮想で5つに分ける会員制アプリ、紹介してあげようか？」

「ええと、間に合ってます。それでは自分はこれで」

さり気なく去ろうとすると、

「……ねえ、温水君」

先生がいつもと違う、真面目な口調で俺を呼び止めた。

「なんですか？」

「先生も君くらいの年頃には色々あったわ。もちろん若いなりに本気だったけど」

優し気な笑みを浮かべる。

「もう少し正面から向き合ってあげれば良かったなって。今となってはそう思うの」

「先生……」

小抜先生は全て分かっていると言わんばかりに大きく頷く。

「だから温水君。身体だけじゃなく、心も裸で向き合って――」

「そもそも身体が向き合ってませんから」

俺は食い気味に言葉を遮る。

「あら、まだなの。先生そっちの相談も得意だけど、どうする?」

「どうもしません。でも、ありがとうございます」

きっと先生なりに心配してくれてるのだ。俺はぎこちなく笑ってみせる。

「どういたしまして。温水君、頑張ってね」

手慣れたウインクを残し、小抜先生は舞台袖から出て行く。

それを待っていたかのように、スマホからチャイムの音がした。

マナーモードにするのを忘れていたのだ。終業式で鳴らなくてよかったな……。

ホッとしながらスマホを取り出すと、天愛星さんから届いたメールの通知。

件名は『失礼します』、メッセージは天愛星さんらしく実に簡潔。

『放課後、向山大池公園。例の物をお返しするので、橋の上でお待ちしています』

◇

二学期最後のHR。代わり映えしない通知表を閉じると、体育館での出来事を思い出す。

志喜屋さんは「私と付き合いたいのか」と俺に聞いた。

もし付き合いたいと答えていたら、どうなってたんだ……？

俺は考えを振り払うように、勢いよく首を横に振る。

そんなうまい話があるはずない。俺、バッドエンド回避のナイスプレーだ。

気を取り直して教室を見回すと、友達とはしゃぐ八奈見に、机に突っ伏す焼塩。そしてイチャつく姫宮夫妻――こっちもまるで一学期と代わり映えしないな。

変わらぬ光景に安心していると、クラスの連中が時折、俺をチラチラと見てくる。

……なんだろ、頭にテントウ虫でも付いているのかな。

髪をいじっていると、袴田が俺の机に手を置いてきた。

「温水、さっきの凄かったな」

「へ？　さっきのって」

「体育館のやつだって。お前、生徒会の先輩といい感じだと思ってたけど、副会長ともなんかあったんだな」

え、なんだそれ。視線を感じて周りを見ると、何人かがサッと目を逸らす。

「えーと、それは完全に誤解というか。二人とは変な関係じゃないし」

袴田はウンウン頷くと、俺の肩をポンと叩く。

「分かる。苦労するよな。無責任な噂を立てる連中ってどこにでもいるし」

だよな、ここにも一人いるし。

「ま、お前がそんなやつじゃないのは知ってるけどさ。自分の気持ちは、早めにはっきりさせた方がいいぜ」

そう言い残して自分の席に戻る袴田。今年最後の「お前が言うな」だな……。

通知表をもらったクラスの連中がひと通り騒ぎ終えたのを見計らい、甘夏先生は手をパンパンと打ち鳴らす。

「よーし、お前ら。クリスマスプレゼントの時間は終わりだぞ。とっとと席につけー」

全員、素直に席について甘夏先生の言葉を待つ。これが終わらないことには冬休みが始まらないのだ。教室がようやく静まると、甘夏先生は重々しく話し出す。

「先生、昨日のイブも残業でな。閉店間際にスーパーに行ったら――ケーキに半額シールが貼ってあったんだ」

……今年の最後、こんな感じの話なのか。甘夏先生は目を閉じて、しみじみと話し続ける。

「先生、思うんだ。クリスマス本番は今日なんだし、半額シールはちょっと早くないかって。クリスマスケーキは2、3日過ぎても全然大丈夫じゃないかって」

静まり返る教室。窓に風が吹きつけ、ガタガタと揺れる。

クラスメイト全員が困惑する中、甘夏先生はゆっくりと目を開けた。

「先生はそれを証明するために――買ったケーキは大みそかに食べると決めた」

それはやめた方がいい。

心配する俺たちをよそに、先生は出席簿を教卓に叩きつけ、ターンと乾いた音をたてる。

「よし、お前らに贈る言葉はそれだけだ！　お前ら、冬休みだからってハメ外すなよー」

ワッと歓声が上がる。

代わり映えのしない教室で、代わり映えのしない愚痴を聞かされて。

だけど一学期とは何かが違う今日。

俺は16歳になった。

HRが終わった後の教室は、クリスマス会の話題で持ちきりだ。

見たところ、会の参加者はクラスの3分の2程度で、俺同様に我関せずな生徒も多い。

カバンを肩にかけて立ち上がると、八奈見(やなみ)と姫宮(ひめみや)さんの会話が聞こえてきた。

「やっぱり杏菜(あんな)、クリスマス会は出られないの？」

「私もすっごく出たかったけど、どーしても文芸部の仕事が外せなくてさ。ごめんね」

ふうん、八奈見はクリスマス会に出ないのか。

八奈見の言う文芸部の仕事ってなんだっけ。ひょっとして、今日も作戦会議があると勘違いしてるのか……？　クリスマス会に出たいって言ってるし、スルーして帰るのも悪いよな。

俺は八奈見＆姫宮の１２Ｋゾーンに足を踏み入れる。

「八奈見さん、今日は文芸部の活動はないよ」

「え？」

八奈見の表情が固まり、姫宮さんのキラキラが一気に広がる。

「温水君、それホント？　やったね杏菜！」

「あー、ほら。部誌を作らなきゃでしょ？　ほらほら、まだ印刷してないじゃん」

そう言って八奈見が片目をパチパチつぶる。

ん？　こいつ、なにやってるんだ？

誰かに合図でもしてるのかと思ったが、後ろには誰もいないぞ……？

「印刷するのは新歓とツワブキ祭の時くらいだって。今回、特に仕事ないけど」

「お、おう……そうなんだ」

「良かった！　杏菜もクリスマス会に出られるね！」

姫宮さんが笑顔で八奈見の腕にしがみつく。よく分からんが、良かったのなら良かった。

「それじゃ俺、そろそろ行くから」

その場を去ろうとすると、八奈見が俺のカバンをつかんでくる。

え、なんだ。八奈見のやつ、殺し屋のような目で俺を見てるんだが。

「……もちろん温水君も行くよね？」

「俺は馬剃さんと約束があるからやめとくよ。じゃあ八奈見さん、良いお年を」

なんか怖いし、早いとこ約束の場所に向かわないと。急ぎ足で教室を出た俺が最後に一度だけ振り返ると、八奈見が死んだ魚の目で姫宮さんに連行されているところだった。

……だけど八奈見のやつ、実はクリスマス会に出たかったんだな。

あれだけ迷ってたのに、女心って不思議なもんだ――。

◇

向山大池。豊橋市の中心部からも近く、ツワブキ高校から自転車で１５分ほどの距離にある。

ナゴヤドームのグラウンド３個分と言えば、その大きさは分かっていただけるだろう。

周辺には遊歩道や公園も整備されていて、桜のシーズンは花見客も多いが、冬の平日はさすがに閑散としている。

文化会館横の駐輪場に自転車をとめると、遊歩道を通って池に向かう。池には真ん中を横断するように長い橋が架かっていて、話によれば１００ｍを超えるらしい。

待ち合わせ場所は橋の上。なぜわざわざそんなところに俺を呼び出したのだろう。

いくらモノがＢＬ本とはいえ、部室や校舎裏で渡せば済むはずだ。相手は天愛星さんとはいえ、命までは取られないと思うけど……どうかな……。

遊歩道を抜けると、広い池が眼前に広がっている。

柱に「大池橋」と書かれた長い橋は、対岸近くが少し広くなっている。

そこにはベンチまであり、目を凝らすと誰か座っているようだ。

池を渡って吹き付ける西風に、俺は思わず身を震わせた。

こんな寒い中、天愛星（ていあら）さん以外の誰かがいるとは思えない。俺は大きく深呼吸をしてから橋を渡り始める。

遠くに見える彼女は、制服の上にコートと赤いマフラーを重ねているようだ。

俺に気付いているのか。ソワソワとベンチから立ったり座ったりしている。

次第に大きくなる彼女の姿を見ながら、さすがの俺も緊張してきた。

今日はクリスマス当日。わざわざ人気（ひとけ）の少ないところに異性を呼び出すとか、ラブコメならイベント発生待ったなしだ。普通なら。

すぐ前まで行くと、天愛星さんは待ちかねたように頭を下げてきた。

「わざわざ来ていただき、ありがとうございます」

「それは構わないけど。どうしてこんなところに呼び出したの？」

何気なさを装ってたずねると、天愛星さんは得意げな表情で辺りを見渡す。

「人目に付かず、決して話を聞かれる心配がない。誰にも聞かれたくない話をするのに、これ以上のロケーションはないでしょう?」

ここって池の周りから丸見えだけど――確かにこれだけ遠ければ、誰が何を話しているのか分からないよな。なにしろナゴヤドーム3個分だし。

「それは分かったけど、カラオケとかじゃダメだったの?」

「前回、無断で女性を連れこんだのは誰でしたか?」

「あれは勝手に焼塩(やきしお)が――はい、すいません」

……やはりいつもの天愛星さんだ。と、天愛星さんが俺をジロリと見上げてくる。

「それで温水(ぬくみず)さん。体育館でのあれはなんだったんですか」

「え、体育館でのあれって……」

まさか小抜(こぬき)先生との会話、聞かれていたのではあるまいな。

「志喜屋(しきや)先輩の件です! 付き合うかどうかとか、なんでそんな話になってるんですか?!」

「俺にも分からないって。だってほら、相手は志喜屋さんだし」

「まあ……確かにそうですけど」

俺の苦しまぎれの弁解に素直に納得する天愛星さん。チョロい。

「それはそうと。呼び出されたってことは、君との約束を果たしたと考えていいのかな」

「はい。正直期待はしていませんでしたが」

この人、やっぱり失礼だ。

「月之木さんの後輩として、あなたに問題を共有して欲しかったんです。だから正直、本当にあの二人が和解するとは思っていませんでした。感謝していますが――」

天愛星さんはモジモジと顔を伏せる。

「……なにかあったの?」

「志喜屋先輩の私への距離感が、やたら近くなった気がするんですが。本当に昨晩、変なことはなかったんでしょうね?」

「天愛星さんの心配するような意味なら大丈夫だと思うよ」

「私がどんな心配をしていると思ってるんですか。それと下の名前で呼ばないでください」

天愛星さんは不機嫌そうな表情で、紙の手提げ袋を両手で差し出してくる。

「えっと、これは……?」

「本を返すって言いましたよね。私、約束は守りますから」

同人誌が入っているにしては量が多い。

戸惑いながら受け取ると、中には赤い紙でラッピングされた包みが入っている。

「同人誌の他にも、なんか入ってるんだけど」

「……あげます」

目を逸らしたまま、ボソリと呟く天愛星さん。

──なんで？

言いかけた俺は言葉を飲みこむ。昨日、家を出る前に『プレゼントをもらった時の心得』を佳樹に叩きこまれたのだ。こんなに早く役立てる機会がくるとは。

えーと、確か最初は……。

「うわ、嬉しいな。本当にもらっていいの？」

──驚きつつも喜びを伝える。最優先事項だ。

「は、はい。そんなに期待されると困りますが、高校生が買える範囲の物ですので」

「そんなことないって、嬉しいよ。開けていいかな？」

「べ、別に構いませんが」

──繰り返し喜びを伝えつつ、中身を見たがる素振りを見せる。

開封するのはその後だ。そして大切なのは丁寧に開けること。

佳樹曰く、ビリビリに破るワンパクが許されるのは小学生男児までである。

「……えーと、その後はどうするんだっけな」

思わず呟くと、天愛星さんが怪訝そうな視線を向けてくる。

「はい？　どういう意味ですか？」

「あ、いや、なんでもないです。……あ」

包みの中に入っていたのは緑色のマフラーだ。

「え、こんなのもらっていいの？　すごくいいじゃん」

思わず素直な感想をもらすと、耳まで顔を真っ赤に染めた天愛星さんが、うつむいたまま早口でまくしたててくる。

「で、ですからあくまでお礼ですので！　愛知県の最低賃金を参考に、働きに応じた金額を積算した結果、こうなりました！」

俺、天愛星さんと雇用関係にあったらしい。

「それじゃ結構高かったんじゃない？」

「まあ、それはその……やりがい的な部分を差し引かせていただいたので、お気になさらず！」

その上、知らぬ間にやりがい搾取されていた。

「そういうことなら、ありがたくもらうよ」

佳樹の教えだと、身につける物をもらった時は確か——。

俺はマフラーを首に巻くと、天愛星さんに笑いかける。

「すごく暖かいよ、ありがとう」

「へっ?! は、はい！ その、羊毛が入っていますので！」

天愛星さん、やたらとしどろもどろだぞ。

教えられたとおりにしたのに、なんか失敗したかな……？

不安に思って天愛星さんを観察すると、彼女も首に赤いマフラーを巻いていて――。

「そういえば馬剃さんのマフラー、これの色違い？」

「たっ、たまたまですから！ そこのアピタでは、マフラーはこれしか扱ってなかったんです！」

「別に文句言ってるわけじゃないって。緑色は好きだし」

「あの、それなら……良かったです」

天愛星さんも落ち着いたみたいだし、そろそろ締めのタイミングだな。

えっと、確かセリフは――。

「本当にありがとう。これを見るたびに天愛星さんのことを思いだして大切にするね」

……よし、これで佳樹流プレゼント受け取り術、完遂だ。

ホッと肩の力を抜く俺とは逆に、天愛星さんは湯気が出そうなほど顔を赤くして、フルフルと震えている。

「あの、大丈夫？」

「……乗らないでください」

ボソリ。うつむいたまま呟く天愛星さん。

れらしくなっただけです！」

「いいですか！　これは単なるお礼です！　たまたまクリスマス時期なので、ラッピングがそ

天愛星さんは涙目で俺を睨みながら、胸元に指を突きつけてくる。

「ちょ、調子に乗らないでくださいっ！」

「はい？」

ええ……なんでこの人怒ってるんだ。

やはり佳樹のテクは俺には早すぎたか。小鞠で練習しとくんだったな……。

「分かった、分かったから落ち着いて」

「いいえ、分かっていません！　いい機会です。文芸部の更生について、じっくり話を——」

え、待ってこれ続きがあるの？

勢いに押されて橋の手すりまで追いつめられた俺の耳に、軽快なメロディが聞こえてくる。

「あ、電話が鳴ってるからちょっといいかな」

誰か知らんが助かった。天愛星さんに背を向けるとスマホを取り出す。

画面に表示された救い主の名前は——八奈見杏菜。

……助かってないかもしんない。

八奈見はクリスマス会の真っ最中のはず。正直嫌な予感しかしないぞ。

仕方なく通話ボタンを押すと、スマホから聞こえてくるのはカラオケの歌声と男女の笑い声。

「もしもし？」

返事はない。ＢＧＭのように歓声が遠くに響いている。

よし、切っていいよな。通話を切ろうとすると、

「……助けて」

ボソリ。騒音に混じって、八奈見の暗い呟き。

「え？　あの、八奈見さん？」

プツッ、ツーツーツー……。あれ、切れたぞ。死んだのかな。

八奈見の冥福を祈りながら、天愛星さんに向き直る。

「あの、なにかあったのですか？」

「ええと、大した用事じゃ――」

言いかけた言葉をさえぎるように、スマホからポンという軽い音が矢継ぎ早に聞こえてくる。

横目で見ると、通知画面にメッセージが次々に滑りこんできている。

送り主は八奈見だ。生きてた。

『クリスマス会、来ないの？』『めっちゃ楽しいよ』『騙されたと思って』『おいで』

騙されないぞ。絶対ろくなことがないはずだ。

心を閉ざす俺に、さらなる追撃が届く。

『どこにいるの？』『早く来て』『騙されろ』

ほら、やっぱり騙されるんだ。でも行かないと、後で面倒だよな……。

「ごめん、馬剃（ばそり）さん。クラス会に呼ばれてて、そろそろ行かないと」

「えっ、そうだったんですか。すみません、急に呼び出してしまって」

急に勢いがとまった天愛星さんに向かって、俺は首を横に振る。

「こっちこそごめんね、マフラー本当にありがと！」

俺はワザとらしく腕時計に目をやると、急ぎ足でその場を立ち去った。

色々あったが無事に同人誌を取り戻した。これで心置きなく冬休みを過ごせるぞ。

橋を下りて遊歩道に戻ると、周りに誰もいないことを確かめてから紙袋をのぞく。

中に入った手作りのコピー誌。なぜか大量の付箋（ふせん）が貼られた禍々（まがまが）しいたたずまいは、月之木（つきのき）先輩のナマモノBL同人誌に違いない。手に取ると、付箋には細かい文字で感想がビッシリ書きこまれている。なんで付けたまま返すんだ……。

本をパラパラめくると、挿絵も多くて結構上手だ。

俺が攻めということは、これが俺か……ははあ……これは凄いな……。

おっと、熟読している場合じゃない。手短に月之木先輩にＬＩＮＥで報告をする。

家では佳樹が誕生祝いの準備をしているはずだし、八奈見のご機嫌伺いを済ませたら、早く帰らないと。

去年は確か、受験を控えた俺のために入試の予想問題を作ってくれたんだよな。佳樹と一緒に解いたのだが、僅差で勝利して兄の威厳を見せつけたのは記憶に新しい。

佳樹にも連絡しておこうとスマホを取り出すと、着信音が聞こえだす。

画面には『月之木古都』の文字。反応が早いが、ちゃんと受験勉強してるのだろうか。

「もしもし、どうしました」

『どうもこうもないわ。昨日は、やってくれたわね』

いきなりこの言い草である。俺は笑いながら顔からスマホを離す。

「ええ、やりましたよ。切っていいですか？」

『冗談よ、ありがとう』

軽く笑い合い、俺は改めて仕切り直す。

「すいません、余計なお世話とは思いましたけど。生徒会の二人を巻き込んだ以上、ああせざるを得なくて」

『当然ね。お詫びの言葉はたくさんあるけど、慎太郎との浮気を見逃してあげるから、チャラにしてくれないかしら』

「昨日の玉木先輩、本気で落ち込んでましたからね。後でフォローしてあげてください」

『あら、フォローならすでに完璧よ。なにしろ冬の夜は長いもの』

「ノロケ話は別料金ですよ？」

この調子なら先輩たちも大丈夫そうだ。

犬を散歩させる女性とすれ違い、俺はしばし黙りこむ。

合わせるように黙っていた先輩が、静かな口調で話し出す。

『……温水君、本当にありがとう。今度こそ反省したわ』

「ええ、本当に頼みますよ」

『安心して、私は心から反省したの。心底反省したから例の小説、志喜屋も登場人物に加えて書き直したわ。後で送るから』

「……先輩、ちっとも反省してませんね？」

油断した。この人は――月之木古都だ。

溜息をついて通話を切ろうとすると、先輩の焦った声が続く。

『待って、本当に反省してるの。今後は紙媒体にはせず、パスワードを設定して拡散防止にも配慮したわ。ちなみにパスワードはファイル名の下四桁よ』

「いいから受験勉強しましょう。彼氏だけ大学生になったらどうするんですか。あの人、自分がモテることに気付いちゃいますよ」

『……受験勉強、頑張るわ』

分かってくれたのなら良かった。電話を切ると俺は大きく伸びをする。

さて、八奈見のところに向かうとするか。

あえて騙されるのも——男の甲斐性というやつだ。

文芸部活動報告　～裏報　月之木古都『教師と生徒は蜜の味』

ザーヴィット王立魔法学園。大陸屈指の名門校である。

巨大な校舎に続く長い石畳を、二人の男が歩いていた。

一人は袴を身に着けた和装の男。時折不安そうに周りを見ながら、余程落ち着かないのだろう。無精髭の伸びた頬をしきりにさすっている。

「おい、三島君。本当に行くのか。ここには人をとって喰う悪魔がいると聞くじゃないか」

「あなたはエルフの里を追い出されたんだ。他に行くあてもないでしょう」

カーキ色の軍服に身を包んだ男は、何度目かの問答にうんざりしたように答える。

「そうはいうがね、転生者には生きるための最低限の権利が与えられるのだろう。追放なんてあんまりな仕打ちじゃないか」

「エルフ女と身投げしといて、なにが権利ですか。命があるだけ有難く思いなさい」

三島の正論に、太宰は鼻白みながらも子供のように反論する。

「だけど君、エルフが水に溺れないなんて初耳だったぞ。俺だけ死にかけたなんて、騙されたみたいなものだ」

「連中は精霊の同胞ですからね。太宰さんが助かったのは、おまけですよ」

三島は見せつけるように溜息をつくと、軍靴に包まれた足を速める。

太宰さんの悪い癖がでた。そう言わざるを得ない。この人は女といると駄目になる。

だから三島も冒険者の身軽な身分を捨てて一緒に来たのだ。

三島が立ち止まって建物を見上げると、二本の高い尖塔が空に向かって伸びている。

川端の紹介で太宰と三島はここの教師となるのだ。

太宰は呆れ顔で校舎を眺める。

「こいつは随分とハイソな学校だな。食堂に酒はあるのか」

「まだそんなことを。あんまり悪さをすると、飛竜の餌にされるから注意してください」

「脅かすなよ。それにしても、さっきから男しか見かけないな」

太宰は眉間にしわを寄せて辺りを見渡す。

魔法の世界は才能が全てだ。力さえあれば男女の隔てはないと聞く。

にもかかわらず、学園の制服に身を包んだ生徒は男しか見かけない。

「ここは男子校です。女生徒はいませんよ」

三島は軽く言うと、石畳の脇に立つ小悪魔の彫像に歩み寄る。

懐から取り出した封書をかざすと、彫像はぶるりと震えて動き出した。

「おい、危ないぞ」

言うより早く太宰は飛びすさる。

動く彫像は封書を咥えると、石の翼を羽ばたかせて飛び上がった。

「さて、案内が来るまで待ちましょう」

三島は事も無げに手を払うと、怯える太宰に向き直る。遠くから、銅鑼を叩くような獣の咆哮が聞こえてきた。太宰は怯えたように鳴き声がした方を見る。

「待てよ、飛竜の餌というのは冗談だろうな」

「あいにくと喰われた者に会ったことはありません。なあに悪さをしなければよいだけです」

冗談とも本気ともつかぬ三島の言葉に、太宰は黙ったまま頷いた。

学園の最上階に位置する生徒会室。

その大きな窓から、二人の男子生徒が外を見下ろしていた。

生徒会長、放虎原ひばり。スラリと高い背。残忍とすら噂される澄んだ瞳。

そして見た者を凍り付かせる——冷たい美貌。

「あれが新しい教師か。あの異装はどこからの転生者だ？」

放虎原は隣の男子に問いかける。

「二人とも……ニホン……昭和時代……」

囁くように答えたのは生徒会長書記、志喜屋夢路。

カクリと首を傾げると、緩やかにウェーブした前髪が顔にかかる。

「また日本か。ショウワ、とは奇妙な時代だな」

窓から見える転生者は二人。

片刃の剣を下げた男は、自分たちとさほど変わらない服を着ている。

もう一人は前合わせの服を帯で締め、東方の異族を思わせる格好だ。

二人を眺めていると、異族を思わせる男の怯えた瞳がこちらを見た——気がした。

いや、そんなはずはない。生徒会室には遮断の魔法をかけている。中に入ることも、外から見ることもできないのだ。あの男に弄ばれた日以来、心配のし過ぎだ。

苦笑いをする会長の手を、志喜屋の冷たく細い指が握ってくる。

「……よせ、今日は教師の歓迎が先だ。この学園のルールを身体に教えこむのだろう？」

いつもの甘いおふざけ。そう思って笑いかけた放虎原の身体が固くこわばる。

志喜屋の白い瞳に浮かんだ術式は——拘束。放虎原の笑みが凍りつく。

「志、喜屋……どういうつもりだ……」

志喜屋は沈黙のまま握る手に力を入れる。

放虎原はどうにかその手を振り払うが、白い瞳から顔をそむけることができない——。

と、部屋の反対側からパチパチと手を叩く音がする。

「さすが会長だ。志喜屋先輩の術にかかりながら動けるとは」

「その声は、温水か……？」

この部屋にかけた遮断の魔法は、学園に伝わる十二式の完全魔法の一つだ。知らぬ間に入る術はない。ただ一つ——内側から招くことを除いては。

「先生の歓迎会ですか。ぜひ俺も混ぜてくださいよ」

温水は厚い絨毯の上を音もなく歩み寄ると、放虎原の腰に手を回す。

「温水、貴様！　卑怯な手で私の自由を奪ってなにを——」

「おや、志喜屋先輩の拘束術式はすでに解けたはずです。会長は自分の意志で俺に抱かれているのですよ——あの日のように」

「あれはお前が無理矢理に！」

温水は放虎原のあごをつかむと、強引に上を向かせる。

「ああ、会長……その顔です。その顔をもっと見せてください」

背後にたたずんでいた志喜屋が指を鳴らす。

すると壁が脈打つように揺れ、そこから伸びてきたバラの蔓が会長の四肢を絡めとった。

「っ?!　志喜屋、お前っ！」

「先輩を責めないでください。会長と同じ景色を見たい――俺はあの人のそんなささやかな願いをかなえてあげるだけです」

志喜屋は身動きの取れない放虎原に、唇が触れるほど顔を近づける。

「会長……私も一緒……だから……」

もがく放虎原の身体にバラの蔓が食いこみ、その口からうめき声がもれた。

「くっ！　温水、こんなことをしてタダで済むと思っているのか！」

「本当は期待しているのでしょう？　その震え、恐怖だけとは思えませんよ」

放虎原の胸元に手を伸ばすと、乱暴にシャツのボタンを引きちぎる。

温水の顔に嗜虐の色が浮かぶ。

一足先に、生徒だけの歓迎会が始まろうとしていた――

エピローグ　カクシゴト

冬休みに入って2日が過ぎた。

クリスマスの気配は綺麗に消え去り、街角は急ぎ足で年明けの準備を始めている。

俺はエレベーターから降りると、広い窓から差しこむ白い陽光に目を細めた。

豊橋市役所東館の最上階。ここは展望ロビーになっていて、誰でも自由に入ることができる。

どうして俺がこんなところにいるかというと——八奈見に呼び出されたのだ。


終業式の日、クリスマス会の場所は例のカラオケ店だった。

恐る恐る部屋の扉を開けたのは、ちょうど曲の終わったタイミング。部屋中の視線が俺に集まり、すみやかに扉を閉めて退散しようとしたところを八奈見に捕まった。

「あれは地獄だったたな……」

クラスでも陽キャな連中と、なぜか他クラスの選抜陽キャまで加わったクリスマステンションの中に、いきなり放りこまれたのである。

コーラの泡を数える俺の隣で、八奈見が無表情にポテトを口に詰めこんでいたことだけを覚えている。

そこから先の記憶はない。

……そんな最低のクリスマスを過ごした八奈見が、なぜ俺を呼び出したのか。

俺の予想では、庁舎の入口に貼られていたメタボ診断のポスターが伏線だと踏んでいる。最近の八奈見、少し大きくなった気がするし――。

そんなことを考えながら展望窓に向かいかけた俺の足が止まる。

晴れた平日の昼下がり、大きな窓の前。

コート姿の若い女性が、リズムでも取るように楽しそうに揺れていた。

ここまで聞こえないけど、きっと鼻歌でも歌っているのだろう。

――可愛らしい子だな。

ふと、そんな言葉が思い浮かんだ次の瞬間、俺は心から後悔した。

コートの裾がヒラリと揺れて、こちらに横顔を向けたのは――八奈見だったのだ。

……カラオケの時とコートが違うから油断しただけだし、いまのはノーカンだよな。

心で言い聞かせながら、八奈見に声をかける。

「八奈見さん、お待たせ」

「あ、温水君。わざわざありがとね」

言いながら振り向いた八奈見の顔には、予想に反して力ない笑みが浮かんでいる。

おまけに顔色まで悪いぞ。どうした、肝臓でも悪くしたのか。

「八奈見さん、なんか元気なくない？」

「クリスマス会のダメージが、まだ抜けてないんだってば……」

八奈見はガクリと肩を落とす。

「え、でもさっきは窓の前で――」

「分かる？　昨日、寝つきが悪くて寝違えてさ。ジッとしてると首が痛いんだよね」

掌で首を押さえてゴキゴキと音を鳴らす八奈見。

ええ……俺の不覚のトキメキを返してほしい。

とはいえ、クリスマス会がトラウマになるのも無理はない。

幸いにも俺は、帰宅後に佳樹と徹夜で見た『15歳のお兄様記録映像』で記憶が塗りつぶされたので、ギリギリ悪夢から回復できたのだ。

「そういや俺が行ったら、すでに八奈見さん凹んでたけど、なにかあったの？　姫宮さんたちが婚約披露でもしたとか」

「なんで温水君、会うなりトドメさそうとするの……？」

せめて早く楽にしてあげようかと。

八奈見は呆れ顔で肩をすくめる。

「そんなわけないでしょ。あの二人は通常運転よ。いつも以上にいつも通り」

「じゃあ、俺を呼ばなくてもよかったよね。友達もいたんだし」

八奈見は再び暗い表情に戻ると、俺をジト目で睨んでくる。

「……温水君って最近よく、志喜屋さんと一緒にいたでしょ。終業式の後も、生徒会の二人とイチャイチャしてたし」

イチャイチャはしてないし、あれがそうなら俺はもう恋などしない。

「一緒にいた事情は知ってるだろ」

「周りは事情なんて知らないじゃん。そのせいで、私の変な噂がたってるって聞かされたの」

俺と生徒会が絡むのが、なんで八奈見に関係するんだ……？

「……どんな噂なんだ？」

八奈見はゆっくり首を横に振ると、絞り出すように声を出す。

「なんか私が振られたって――――温水君に」

……え？　俺が八奈見を？

呆気にとられる俺を八奈見がギロリと睨みつけてくる。

「ちょっとおかしくない?!　むしろ私が振った側でしょ!?」

「いや俺、振られてないし。そして噂は下手に否定しない方がいい」

俺の冷静な返しにもかかわらず、八奈見はグイグイと俺に迫ってくる。

「温水君が生徒会の人にデレデレしてるからでしょ?! 体育館のあれなんて、まるで修羅場じゃん!」

むしろ今が修羅場だ。俺は展望ルームのガラス窓に追いつめられる。

勢いが止まらない八奈見は、ドン、と俺の顔にかすめるように手をついてきた。

「……温水君、私に告りなさい」

「は?」

窓ドンされた体勢で、八奈見の顔が近づいてくる。

「それで私が温水君を振る！ それで全部解決しない?」

しないと思う。

「落ち着いて八奈見さん。俺と生徒会の人は何でもないんだし。普通にしてれば、みんな噂なんてすぐに忘れるって」

「だからってこんな屈辱ある? 温水君も、少しは私に同情してよ！」

少しは俺にも同情してくれ。

俺はポケットからお菓子を取り出すと、八奈見に握らせる。

「八奈見さん落ち着いて。ほら、杉本屋のミニようかん。これ好きだろ?」

「……抹茶味なんだ」

不満なのか。

八奈見はペリペリと包みを開くと羊羹にかじりつく。

「あ、でも抹茶もいけるね。次は小倉頼むよ」

血糖値が上がり内臓からなんか出て、いい感じになったのだろう。

八奈見がようやくクールダウンしたのを見計らい、俺は話を逸らす。

「市役所にはメタボ相談に来たんだろ？　早く窓口に行こうよ」

「はい？　なんの話をしてるのよ。これよこれ」

八奈見はバッグから取り出したチケットを渡してくる。

これは——月之木先輩からもらったランチ招待券だ。

店の場所は市役所の十三階。つまりここだ。

「温水君、こないだ誕生日だったでしょ。ランチに招待したげようかと思って」

でもこのチケット、今回の報酬でもらったやつだよな……。

微妙に納得できない俺に向かって、八奈見が長細い小箱を差しだしてきた。

「で、これはおまけ」

……おまけ？　箱を開くと、中には青く光るボールペンが入っている。

「これ、俺がもらっていいの？　結構高そうだけど」

八奈見は髪を指にクルクル巻きつけ、窓の外を見たまま話し続ける。

「温水君が使ってるボールペンってボロボロだったでしょ？　サービスでネームを入れてくれるっていうからこれにしたんだけど——それで誕生日に間に合わなかったんだよ」

そうなんだ。ちなみに俺が使ってるボールペン、持ち主的にはボロボロではないぞ。

八奈見が不安そうに俺を見上げる。

「……あんまり好みじゃなかった？」

「いや、すごくカッコいいから驚いて。名前入れてくれたんだっけ」

ボールペンを箱から取り出そうとすると、八奈見も出来上がりは初めて見るのだろう。俺の手元に顔を近付けてくる。

えーと、根元のあたりにアルファベットが入っているな——。

金色の飾り文字で書かれた名前は——Ａｎｎａ　Ｙａｎａｍｉ
……へ？　なんで八奈見の名前が書いてあるんだ。

「っ?!　間違えた！」

八奈見は俺の手から素早くボールペンを奪いとる。

「え、ちょっと八奈見さん」

「ゴメン、忘れて！　これは私が処分しておくから！　また今度、新しいのあげるね？」

「せっかくもらったのに悪いよ。ほら、除光液で余計な名前を消せば使えるし」

「……は？　余計？」

なぜ怒る。

「じゃあ名前だけ直してもらうから！　さ、ご飯食べよ！　早くしないとなくなっちゃうよ」

八奈見は俺の背中を押して、強引にレストランに向かう。

ええ……結局ボールペンはもらえないのか。八奈見が自分用に買ったのと間違えた――わけじゃないよな。俺と同じボールペンを選んだりしないだろうし。

まあ、八奈見がこんな感じなのはいつものことだし、悩んでも仕方ない。

今年最後とばかりに溜息をつく俺の喉元を、八奈見がジッと見つめてきた。

「……なに？」

「温水君、学校でそんなマフラーしてた？　あれ、終業式の日はもうしてたっけ」

首を傾げる八奈見に向かって、俺は何気ない口調で答える。

「前から冷える日にはたまにしてたよ。学校ではあまり着けてなかったけど」

八奈見は、ふうんと抑揚のない声で呟くと、レストランの自動ドアを通り抜ける。

後をついてドアをくぐりながら、俺は自分自身に驚いていた。

――俺は八奈見に嘘をついた。


なんてことはない小さな嘘だ。

秘密にする理由はないし、バレたって構わない。

ただ少しだけ、そうしたかっただけだ。


と、俺は足を止める。

なぜか突然振り返った八奈見が、俺をジッと見つめてきたのだ。

「え、どうしたの八奈見さん……?」

八奈見はそれには答えず、ニマリと笑ってみせる。

そして俺のマフラーに手を伸ばすと、軽くというには少し強めに首を絞める。

「温水君、抜け駆けは禁止だからね?」

あとがき

負けヒロインが多すぎる！　ついに4巻に到達しました。これも皆様の応援のおかげです！

これまで謎に包まれていた志喜屋さんの物語がお届けできて本当に嬉しいです。

実は1巻の制作時、この子本当に出して大丈夫かな……？　と心配になって担当の岩浅さんに相談したのですが、

「大丈夫でしょう」

と即答してもらえて、そのまんまの志喜屋さんになった経緯があります。

そして、いみぎむる先生の手により今の姿をいただいて、ついには表紙を飾ることができました。

岩浅さんの英断がなければ、4巻の表紙はツインテールの男の娘となっていた可能性も捨てきれません。みなさん、私には気をつけてください。

4巻の刊行に際しては、担当の岩浅さんにまたもや大変お世話になりました。

と言いつつ、実はこれを書いている時点では、すべての作業が終わっていません。

皆様がこれをご覧になっているということは無事に済んだか、なにかあったけど岩浅さんが睡眠時間を削ってどうにかしてくれたということです。

……本当にすみませんでした。（おわびの先行入力をしておくスタイル）

いみぎむる先生の神絵はさらに輝きを増し、形になった天愛星ちゃんの妄想は、私の新たな扉をこじ開けようとしてきます。みなさんも遠慮せず全開にしてください。

そして4巻発売に先立ち、いたち先生によるマケインコミカライズ1巻が発売されました！　もう一つのマケインワールド、激おすすめなのでぜひ手に取ってください！

個人的には温水君が部室で読んだ〇〇本の挿絵で、拓哉のネクタイの先が胸ポケットに入っているところがお気に入りです。ぜひ単行本でご確認ください。

さらにお知らせです！　4巻発売にあわせて、舞台である豊橋市の『のんほいパーク植物園』でコラボイベントの第2段が開催中です！　コラボ担当者さんの愛と謎解き要素が加わったコラボ、ぜひお楽しみください。

……マケインのんほいコラボ、それだけじゃないんです。

なんと！　『森田さんは無口』や『だもんで豊橋が好きって言っとるじゃん！』のでおなじみの佐野妙先生がイラスト入りマップを描いてくださいました！

気が遠くなるほど素敵なので、ご覧になってくださいね！

さて、今回もあるんでしょ？　と思ったみなさん。その通りです。

本編ではすれ違っていた二人の後日談をご覧ください——。

安心の全年齢対象です

精文館書店本店。書棚の前に、一人の若い女性が人目を避けるように立っていた。年のころは高校生くらいだろうか。

最初はあたりを気にしながら行ったり来たりしていたが、最後には文庫本の背表紙を見つめたまま、ピクリとも動かなくなった。

そしてなにかを決めたのか。ゆっくりと手を伸ばす。

「学園物か。いい趣味してるわね」

「っ?!」

突然声をかけられて、声にならない悲鳴を上げたのはツワブキ高校1年、馬剃天愛星。

「なっ?!　月之木――さん。ど、どうしてここに」

「私も精文館にはよく来るのよ。ここの棚にも、ね」

天愛星に優しく微笑んだのはツワブキ高校3年、月之木古都。

さりげなく天愛星の背中に手を添えると、本の背表紙に視線を送る。

「馬剃さんとは趣味が合いそうで良かったわ。お気に入りはあるのかしら?」

「ちっ、違っ……わ、私は偶然通りかかっただけです!」

「大丈夫、世の中の出会いは、すべて偶然という名の必然よ。あなたがさっき見ようとしてたのはこれかしら」

古都が伸ばした手を、青い顔でつかむ天愛星。

「だから、ちょっと気になっただけで、読む気はありません！　このような本はツワブキ生にふさわしくありませんので！」

「読書は自由よ。なにを読んでもいいし、なにを感じてもいいの。それにこの棚は全年齢対象だから、高校生が読んでもなんの問題もないわ」

「全年齢……？」

古都は微笑みを絶やさぬまま、優しく頷く。

「そう。商業ＢＬは心のふるさとよ。二次創作からは得られない何かがここにはあるの」

「商業ＢＬ？　いわゆる同人誌とは違うのですか？」

「同人にもいろいろあるけど、例えば二次ＢＬはリバに逆カプ、解釈違い……色んな地雷が待ちかまえているわ。だけど商業ＢＬは、信頼できる作者に出会えさえすれば違うの」

古都は迷いのない仕草で一冊の本を抜き出すと、天愛星に差し出した。

表紙に書かれたタイトルは、『生徒会室のラブトラップ　～氷の会長は甘口でした～』。

「クールで氷の皇帝とあだ名される会長が、男子生徒の腕の中では、氷砂糖のように甘く溶ける――そんな話よ」

「会長が……氷砂糖のように……？」

ゴクリ。天愛星は唾を飲みこむと、恐る恐る本を受け取った。

「馬剃さん、こういうの好きでしょ？」

「なっ⁉　ばっ、馬鹿なことを言わないでください！」

慌てて棚に本を戻そうとした天愛星の腕を、今度は古都が力強く握る。

「あなたにとっての最高の一冊――それを探しなさい。そこには解釈違いも地雷もない、ただひたすらに甘美な世界が広がっているわ」

「甘美な世界……！」

思わず息をのむ天愛星。

「だっ、だからってこの本が、私の最高の一冊になるとは限りませんよね⁈」

「私の見立てでは、あなたは推しが右固定でしょ。この場合は総受けになるのかしら。それ以外の学園物でスパダリ総受けならこの辺ね。はい、どうぞ」

古都は素早く数冊の本を選び出すと天愛星に差し出す。

「え、あの……」

「あら、ファンタジーか社会人モノが良かった？　見た目によらず食いしん坊なのね。それなら――」

さらに本を選び始めた古都を見て、天愛星は首を横に振る。

「こっ、これ一冊で大丈夫です！　ありがとうございました！」

天愛星は大きく頭を下げると、レジに向かいかけてから慌てて戻ってくる。

「どうしたの？」

「あの、私、志喜屋(しきや)先輩にみんなでボードゲームをしようと誘われてて」

「え？　ああ、そうなんだ」

「受験勉強がひと段落付いたら……そのっ、ぜひ先輩もご一緒に！」

古都は意外な誘いに一瞬戸惑い、そして優しく微笑んでみせた。

「ありがと。余裕ができたら、ぜひお邪魔させてもらうわ」

「はい！　それでは私、失礼します！」

天愛星は去り際にもう一冊本を棚から取ると、小走りにレジに向かった。

辺りをうかがいながら会計をしている彼女の姿に、古都はかつての自分の姿を重ねていた。

「あの子はもう……こっち側ね」

GAGAGA

ガガガ文庫

負けヒロインが多すぎる！4

雨森たきび

発行　2022年10月23日　初版第1刷発行
　　　2024年11月30日　　　第7刷発行

発行人　鳥光 裕

編集人　星野博規

編集　岩浅健太郎

発行所　株式会社小学館
〒101-8001 東京都千代田区一ツ橋2-3-1
[編集]03-3230-9343 [販売]03-5281-3556

カバー印刷　株式会社美松堂

印刷・製本　TOPPANクロレ株式会社

Printed in Japan ISBN978-4-09-453094-0